科学、文化与人 经典文丛

科学之恋

郭日方 著

——郭日方散文随笔选

科学普及出版社
·北京·

图书在版编目（CIP）数据

科学之恋：郭曰方散文随笔选 ／ 郭曰方著.
——北京：科学普及出版社，2013.2
ISBN 978-7-110-08006-1

Ⅰ.①科… Ⅱ.①郭… Ⅲ.①散文集-中国-当代
②随笔-作品集-中国-当代 Ⅳ.①I267

中国版本图书馆CIP数据核字（2012）第307774号

出 版 人：苏 青
策划编辑：苏 青 徐扬科
责任编辑：吕 鸣
山水画插图：郭曰方
装帧设计：耕者设计工作室
责任校对：凌红霞
责任印制：李春利

出版发行：科学普及出版社
地　　址：北京市海淀区中关村南大街16号
邮　　编：100081
发行电话：(010) 62173865
传　　真：(010) 62179148
投稿电话：(010) 62176522
网　　址：http://www.cspbooks.com.cn

开　　本：787毫米×960毫米　1/16
字　　数：220千字
印　　张：13.75
版　　次：2013年7月第1版
印　　次：2013年7月第1次印刷
印　　刷：北京中科印刷有限公司

书　　号：ISBN 978-7-110-08006-1/I·305
定　　价：36.00 元

作者简介

郭日方，1941年出生于河南省原阳县，高级编辑，中国作家协会会员，享受国务院政府特殊津贴。曾任中国驻索马里大使馆外交官、方毅副总理的秘书，《中国科学报》总编辑，中国科学院京区党委副书记、中国科学院机关党委书记，全国科技报研究会副理事长、中国科普作家协会副理事长。现任中国科学院文联主席、中国科普作家协会荣誉理事。

出版诗集、散文集、纪实文学、思想理论、科普等各类著作80余部，组织策划、编审、撰写各类著作200余部，策划、编审、撰写电视文献片40余集。在中宣部、教育部、团中央、中国科学院、中国科协及有关省市委宣传部的支持下，曾在北京及全国重点高校举办"郭日方诗歌朗诵演唱会"40余场，引起热烈反响。2012年5月在北京举办了《郭日方书画展》，获得社会各界好评。2013年出版《郭日方画集》。

北京市抗癌明星；多次荣获模范共产党员、优秀共产党员、优秀党务工作者、中国科学院先进工作者、金辉老人称号；曾获"建国40年来有突出成就的科普作家"、"中国科普作家协会四大以来有突出贡献的科普作家"称号；2012年5月荣获北京市首届科学传播人终身成就奖提名。第六次、第七次全国作家代表大会代表。作品多次获奖。

自 序

　　32年前，当突如其来的癌症将我击倒，我第一次感受到生命的短暂。那是一个寒冷的冬天。我躺在医院的病床上，独自想着自己的心事，突然看到窗外的枯树枝上摇曳着一片树叶，它在寒风中颤抖着、旋转着，任凭狂风呼啸，百般摧残，却顽强而执着地依附着树枝，傲视苍天，以优美的舞姿和窃窃私语面对凶残，似乎在期盼着春天的来临。我想，它一定是在痴恋着那哺育它成长的大树，和眼前这明媚的天空。它一定是听到了春天的脚步声，闻到了花草的芳香，所以，才这样坚强而勇敢地面对冰天雪地，无所畏惧地瞩望明天。顿时，我的心灵被深深地震撼了。也许，正是这种诗意的奇妙启示，给了我与疾病斗争的勇气和力量，我的心胸豁然开朗起来，进入了"山重水复疑无路，柳暗花明又一村"的境地。

　　我才39岁，不能这样轻易地被癌症击倒，我必须在有限的时间里用我喜爱的文学作品，去充实我的精神家园。艺术，能够净化心灵；艺术，可以陶冶性情。生活是这样美好，这样值得珍惜，这样叫人依恋。生命是有限的，在有限的时间里能够多做一些事情，就等于延长了生命。于是，我又一次萌发了写作的冲动。

　　我长期在科技部门工作，全部文学创作活动始终围绕着科技题材。有的记者曾经问我，是什么力量促使我写了这么多讴歌科学、讴歌科学家的作品。我总是这样做答：一是科学家的精神，他们在极端困难的条件下，立志报国，献身科学，他们的品格、人格和精神，已经成为我克服困难，去争取胜利的人生坐标；二是对人生价值的理解，人的生命总是有限的，其长不过百年，名和利都是过眼云烟，唯有奉献和创造才是永恒的；三是对科学与艺术的追求，科学是理性的逻辑思维，艺术是抒情的形象思维，二者相通相融，不可分割，就像一枚硬币的两面，都放射出耀眼的光芒。科技工作的长期经历，对诗歌创作的不懈追求，使我有了一种用艺术表达科学的冲动，有了描述科学的责任感、使命感。

71年的人生历程，我经历了旧中国的苦难辛酸，又目睹了新中国的蓬勃发展，我的许多作品都蕴含着对党的无限忠诚和对真善美的追求。历史和今天，现实和未来，光荣与耻辱，丑恶与美丽，带着这种深刻的思索，我总想把自己的所见所闻，用散文、诗歌呈现出来，与读者分享。

我期待并努力用艺术表达科学。科学与艺术结合是时代发展的必然趋势。这是因为：

一、科学与艺术有着共同的追求

科学是反映自然、社会、思维等客观规律的知识体系和智慧结晶。通过对这些事物发展规律以新的认识和抽象，寻求客观真理的普遍性，是科学追求的目标；艺术是反映人类现实生活和表现人类思想感情的一种社会意识形态。通过对自然与社会中人类活动的认识和表现，寻求"真善美"的普遍性，是艺术追求的目标。由此可见，科学与艺术在反映的客观对象上虽然并不相同，但是，它们的追求目标在很多方面却是相同的。它们都属于人类文明的结晶和认知思维，属于人类文明的精华组成部分。

二、科学与艺术都钟情于创造性的劳动

创造和创新是科学艺术的灵魂。李政道先生有一句名言："科学与艺术是一枚硬币的两面，联结它们的是创造性。"这既是科学定理，又是艺术规律。因循守旧，人云亦云，墨守成规，照抄照搬，是科学艺术发展的绊脚石。相反，敢于标新立异，敢于异想天开，敢于超越，敢为天下先，不断进行创造性思维，是科学艺术取得突破、取得成就的巨大动力。的确，科学与艺术之间存在着一种无法抗拒的吸引力。这种吸引力主要表现在创造性和创新性。法国著名作家福楼拜说过："科学与艺术，在山脚下分手，在山顶上会合。"不断的创造和创新，使它们殊途同归，最终走到了一起。

三、科学与艺术都需要想象和灵感

科学需要幻想，需要灵感，艺术同样需要幻想，需要灵感。幻想与灵感是创造和创新的发动机。"众里寻她千百度，蓦然回首，那人却在灯火阑珊处"，讲的就是灵感。牛顿在看到苹果落地的时候，突然爆发了灵感，于是引发了关于万有引力定律的思考。著名画家吴作人的那幅《太极图》就是从正电或负电基本粒子的相互作用中获得灵感，完成了寓意深刻的杰作。如今已成了北京高能正负电子对撞机工程的标志。尽管每一位科学家、艺术家都有自己的个性和风格，他们探索和表现的对象不同，感受不同，但是，有一点却是共同的，那就是灵感和想象。

四、科学与艺术的发展都植根于时代的人文精神

人类科学文化与文明进步的历史，以无可辩驳的事实一再证明，科学与艺术的发展除了自身的内在规律外，与它所处的时代精神、人文精神有着直接而密切的关系。

五、科学的发展为文学艺术提供了广阔的表现空间

人类前进的脚步，已经从农业经济、工业经济，进入了知识经济时代。科学进步一日千里，科教成果层出不穷，科技活动如火如荼，科技人物各领风骚，讴歌科学精神，传播科学思想、科学方法和科学知识，是广大科普作家、文学艺术家、新闻媒体工作者面临的一项繁重而光荣的任务。文学艺术家应该积极深入生活，走近科学，亲近科学，表现科学，主动与科学家交朋友，学习他们的高尚品德，学习科学知识，积累创作素材，发现典型人物、典型事件，不断努力创作出优秀的文学艺术作品。

蒙科学普及出版社之约，出版我的两本自选集。这两本诗歌散文随笔集记述了我的人生历程，也是我在科学与艺术结合创作道路上的初步尝试。生命不止，我会继续努力前行。感谢科学普及出版社社长苏青、总编辑颜实给予的鼓励和支持。

郭曰方

2013年1月12日于北京椿栋斋

目 录
CONTENTS

人生况味

历史见证

山水乡情

思　念

　　走出童年　已经走得这样久远，可我怎样也走不出那绵长的思念，走不出故乡那深情的呼唤。

——题记

　　对故乡的思念是永恒的，也是刻骨铭心的。有许许多多的记忆，随着岁月的流逝，会变幻得愈加真切清晰，令人眷恋不已。阔别故乡已经几十年，无论走到哪里，脑海里总常常浮现故乡的影子。那低矮的农舍，袅袅升起的炊烟，那绵延的黄河大堤，绿荫遮掩的阡陌，甚至连村头那棵翠绿的黄河柳，都日夜在我的脑海中摇曳。最使我难以忘怀的，还是那像朵朵白云一样飘荡的黄河帆影，它覆盖着我多少蔷薇色的回忆，牵系着我多少痴情热烈的向往。

　　我的家乡坐落在黄河北岸，少年时期，常常随乡亲们下河捕鱼捉虾。秋风乍起，绵亘数十里的黄河滩，波光粼粼，芦花飘雪，是一座天然渔场。捕鱼船从四面八方驶来，那雪白的帆篷迎风鼓胀，犹如展翅的大鹏在浪花间翱翔，鱼鹰在船舷上时起时落，好一派繁忙景象。

　　其实，捕鱼还是很辛苦的，鱼汛时间很短，要想多打些鱼，就要起早贪黑，在黄河滩上日夜劳作。有的人家干脆就在河滩上搭起帐篷，风餐露宿、日晒雨淋，蚊虫叮咬，要不了多久，皮肤就会生疮化脓，疼痛难忍。当然，捕鱼也有捕鱼的乐趣，一网下去，提上来沉甸甸的鱼虾，活蹦乱跳的，让人笑得合不上嘴。

　　由于害怕水蛇、蚂蟥，女孩子一般都不敢下河打鱼，她们就在沙滩上织渔网，几十里河滩，渔网一字排开，与姑娘们的花布衫相互辉映，组成一条彩色的河流，景况十分壮观。我曾在一首《织渔网》的小诗里这样写过：

织渔网

黄河水，闪金光，
姑娘河滩织渔网。
一边织，一边望，
捕鱼船儿河面翔。

心上人儿撒开网，
姑娘心儿悠荡荡……
轻轻抖，慢慢拉，
鱼翻浪花碰船帮。

姑娘乐得脸儿红，
一针扎在手心上：
"哎，死梭针，不长眼，
不织渔网看何方？"

黄昏时分，满载而归的渔船滑过河面，荡起层层浪花，夕阳缓缓地沉入远山，把水面映得通红，晚霞、帆影如同一幅绚丽的油画铺在河面。水天一色，又似一匹抖动的绸缎。鸥鸟追逐着白帆，在蓝天彩云间引吭高歌。渔船缓缓靠岸，姑娘们收起渔网，背起沉甸甸的竹篓，一路欢声笑语，与晚归的人一起回到村庄。于是家家户户升起了炊烟，顿时，村子里溢满了苞谷粥的清香。很久很久，喧嚣才停息下来，在暮色的笼罩下，乡村的夜晚柔和、静谧而温馨。

是故乡的帆影舒卷着我童年的梦幻，是黄河的涛声孕育着我青春的理想。在一个风雨交加的夏日，我依依不舍地离开了故乡。记得那天夜里，昏暗无光的月亮四周布满了圆圆的月晕，据说，这样的天象预示着要下雨刮风，母亲忧心忡忡，她在默默祈祷苍天保佑，能让我第二天安全渡过黄河，去开封考取高中。于是，在院子里扣上一只脸盆，小心翼翼地在脸盆周围撒满了草木灰，我

问母亲："这是做啥呢？"母亲抬头望了望天空低声说："盆能压风，明天过河，就不会起大风了。"自然，我不相信一只小小的脸盆会有这么大的魔力，但是，看到母亲认真而虔诚的面容，也就不好说些什么了。

果然，天还没有亮，就刮起了大风，母亲送我上路时，还簌簌落下黄豆般大小的雨点，乌云如同脱缰的野马由北向南漫过天空。为了不耽误考学，我只好一步一回头地告别了站在风雨中的母亲，打着一只油伞走向黄河渡口。风声雨声中还隐隐约约地听见母亲的呼唤："要是风浪太大，就不要过河了，早点回来。"我答应着，再也不敢回头，走进了风雨之中。不知道是不是母亲的祈祷感动了苍天，过河时风势减弱。由于老艄公风雨几十年，练就一手驾驭风浪的撑船技术，我终于闯过惊涛险浪，安全抵达黄河南岸。岸边水浅，船行缓慢，老艄公升起了风帆，船借风力，很快就靠上了码头。当我站在岸边，毕恭毕敬地向老艄公鞠躬惜别时，只见那面返航的白帆在风中窸窸窣窣地抖动着，仿佛在为我祝福。暮色苍茫中已看不到故乡的面容，但那面渐渐隐入远方的帆影，却始终舒展在我的心头。

长大以后，我到过许多地方，游览过许多名山大川，在谢贝利河畔，曾经陶醉于东非草原的苍茫；在泰晤士河边，曾经徜徉在游人如织的滨河公园；在莱茵河畔，曾经穿梭在绿树青山的峡谷；在涅瓦河畔，曾经饱览过波罗的海的风云。无论是塞纳河上的帆影，还是密西西比河的风光，没有任何一条河流，像滔滔不息的黄河那样，在我的血管里奔腾；没有任何一面帆影，像负载着成长的黄河帆影那样，日夜都在我的梦中飘闪……

客居海外时，我曾经写过一首《游子吟》，现抄录于后，以飨读者诸君：

游 子 吟

傍晚　我常常站在洛基山上
凝望着落日　和那天边的彩云
我仿佛看见了祖国母亲的面颊
和那送别时缓缓摇动的纱巾……

黎明　我常常走向洛杉矶海滨
寻觅着螺号　和那忽远忽近的涛声
我仿佛听到了祖国母亲的呼唤
和那团聚时溢满码头的欢欣……

母亲啊　总有一天我会扑向您的怀抱
让故乡的晚霞擦干我的泪痕
总有一天我会躺在您的身边
让黄河的浪花溅湿我的梦境……

黄河，我的故乡

　　小时候，母亲给我讲过一个故事，她说，在很久很久以前，黄河曾经发生过一次大的改道。黄昏时，满天星斗，忽然间刮起大风，直刮得天昏地暗，房倒屋塌。伴着震耳欲聋的雷声，咆哮而来的黄河，漫过树梢，推倒房舍，如同野兽般扑向千里沃野，然后折头东去，汇入大海。天亮时，侥幸逃生的人如梦初醒，睁眼一看，许多大树上挂满黄河鲤鱼，景象惨不忍睹。母亲绘声绘色的叙述，听得我浑身发怵，每根神经都绷得紧紧的。长大以后，尽管我也知道这个故事近乎天方夜谭，但是留在童心的可怕记忆至今都无法磨灭。

　　的确，黄河给两岸人民带来的苦难实在是太多了。共和国成立之初，我在小学念书，每年春天，村南龙王庙的戏楼都要给龙王唱三天戏，祈求龙王保佑风调雨顺，岁岁平安。但是，黄河的暴躁脾气依然如故，每年七八月份洪水泛滥，漫堤和决口的现象屡有发生。就拿我们郭庄村来说吧，几十年前距黄河北岸约30余华里，由于年年塌方，猛兽般的洪水吞没了大量农田，现在，我们村距黄河只有2华里了。如果不是在黄河北岸砌筑石坝，恐怕郭庄村早已不复存在了。

　　当然，黄河留在我心中的，并不都是苦难和辛酸。是黄河的乳汁将我养育成人，是黄河的涛声催我走向成熟，是黄河的泪水使我变得坚强，是黄河的爱抚使我酷爱人生。虽然我离开家乡已经几十年了，在世界各地看到过许多河流，但没有哪条河流像黄河那样让我如此依恋，如此思念，如此刻骨铭心，如此梦绕魂牵！我在一首歌颂黄河柳的诗中这样写道：

北方之冬
郭日方写

多少年了/我未能返回亲爱的故乡/但村头那棵翠绿的黄河柳/却日夜在我心中摇晃/儿时，我常常爬上它的枝杈/吹着柳哨/把黄河的帆影张望/终于，父亲沿着金色的河滩走来/背后，拖着长长的身影/缓缓地融进村庄/于是，茅舍收起了炊烟/浓密的柳阴下/顿时溢满了苞谷粥的清香/我曾在那棵黄河柳下/听爷爷讲述黄河变迁的故事/听着，听着，就进入了甜蜜的梦乡/我曾戴着柳枝编织的项链/扯着妈妈的衣襟/羞怯地去上学堂/记得，那一年天旱无雨/全家，就靠着苦涩的柳芽菜/才勉强度过了一场饥荒/啊，黄河柳/它覆盖着我多少蔷薇色的记忆/它牵系着我多少痴情热烈的向往/啊，有一天/当我踏上故乡的土地/我会像儿时一样/扑向那黄河柳啊/紧紧地偎依在它的身旁。

　　黄河的脾气是有些暴躁，但同时它也很温柔。春天来的时候，洁白如镜的冰面悄然崩裂，在阳光的照射下发出耀眼的光芒，雪白的浪花欢笑着唱起春的颂歌。如烟如雾的黄河柳临风摇曳，扯动万千条柔媚的柳丝，跳起春的舞姿。桃花、杏花、梨花次第开放，淡红如胭，嫣红似霞，洁白如雪，将大地装扮得五彩缤纷；到了夏天，黄河灌溉区千里沃野，麦菽涌浪，稻花飘香，岸柳成行，瓜果满枝，极目天涯，铺彩叠翠；秋风乍起的时候，遍地铺金，满坡堆银，柿园枣林，流蜜溢香，令人馋涎欲滴。花生、白薯、高粱、豆黍堆积如山。记得小时候，我常常爬上谷垛，四肢朝天，掰着手指头，一颗又一颗地数着夜空中的星星，这是牛郎，那是织女。圆圆的月亮高高挂在天空，在薄薄的云层里忽隐忽现，甚至我还瞪大眼睛，天真地幻想，月中折桂的嫦娥，如果真的翩然下凡，来到我的身边该有多好！冬天来临，千里冰封，万里雪飘，村庄茅舍，银装素裹，宽阔的河面银光耀眼。小伙伴们穿上解放鞋，手拉手跑向冰面，堆雪人，打雪仗，练习滑冰，玩得不亦乐乎。大人则带着铁锹，凿开冰洞，垂下长长的鱼线，有时还真的能钓出活蹦乱跳的红尾巴黄河鲤鱼。回家煮上一锅鲜美可口的鱼汤，喝得全家人眉开眼笑，浑身冒汗，其中滋味，不是黄河岸边的人是很难亲身体会的。冬天，在黄河岸边捉麻雀也很有意思。清扫一片积雪，撒下一把米谷，用小棍支起一个柳筐，拴上一根长长的绳子，躲在树后，不一会儿，觅食的麻雀就会从天而降，它们唧唧喳喳地钻进筐下，你争我抢，就在千钧一发之际，只要将绳子轻轻一拉，几乎就会一网打尽，有时还会网住一两只鸽子。

当然，童年最有趣的事情莫过于下地捉蝈蝈了。农历七八月份，烈日当空，我常常约皮肤像包公一样黑的名叫"老包"的小伙伴钻到黄豆地里去捉蝈蝈。黄豆地齐腰深的豆秧上趴着会唱歌的蝈蝈，我们蹑手蹑脚地从两边围剿，捧着双手向目标靠拢，只见硕大的豆叶上碧绿的蝈蝈扇动着翅膀奏出动人的乐章。说时迟，那时快，我向蝈蝈猛然扑去，几乎十次有八次都能得手，天天满载而归。回家以后，将蝈蝈扔在院子里的大枣树上，晚上在院子里乘凉，"蝈蝈合唱团"的歌声唱得令人心驰神往，好不快哉！有一次，我竟然因为捉蝈蝈忘记上学，被父亲发现，中午不让吃饭不说，还罚我跪在院子里深刻反省，急得母亲只好出面说情，才算罢休。

长大以后，我的兴趣也发生了变化。我常常喜欢坐在河边欣赏黄河落日的壮丽景色。虽然看不到"大漠孤烟直，长河落日圆"的奇特景象，但是，当烟波浩渺的河面在夕阳的照耀下闪烁着迷人的光彩，远去的帆影缓缓地落入暮色苍茫之中，一种莫名的向往、遐想在心中油然而生。我觉得天空是那样的高远，大地是那样的辽阔，世界是那样的广大，在山的那边，在红日西沉的地方，在黄河的尽头，又是一个什么样子呢？我凝眉苦苦地思索着，冥想着，追求着，希望有一天找到真实的答案。

啊，走出童年，已经走的这样久远，即使走遍天涯海角，我也走不出黄河那温暖的臂弯。如诗如梦、如歌如画的故乡啊，你的富饶、你的美丽、你的强悍、你的温柔，都是涓涓的黄河之水浇灌滋润出来的，都是父老乡亲用勤劳智慧的双手日耕暮作，用点点滴滴血汗创造出来的啊。

我由此想起李白那荡人心魄的诗句"黄河之水天上来"，还想起古人说过的"黄河落天走东海，万里写入胸怀间。"作为黄河的忠实儿女，每根血管里都流淌着黄河的乳汁，都饱含着黄河的爱抚，都涌动着黄河的嘱托，我该怎样像奔腾不息的黄河那样，以摧枯拉朽之势，气吞山河之魄，按照人民的意志，以天下为己任，以不断进取、勇往直前的姿态，走向明天，走向那充满希望的新世纪呢？！

芦花恋歌

说起秋天，北京人总是引以为豪的。秋分才过，天气稍微有些凉意，人们就把目光投向西山，焦急地在蓝天白云之间寻觅着秋的踪迹。几场秋霜，漫山遍野的黄栌、红枫、银杏、柿林，一起披上秋装。晨光撩起窗帘，把色彩斑斓的秋色尽展眼前。于是，家家户户，趁着周末，扶老携幼，踏着晨雾，兴致勃勃地涌向西山，投入大自然的怀抱，那实在是一件叫人赏心悦目的快事。此刻，当你汗流浃背地登上香山之巅，俯瞰苍茫大地，层林尽染，江河如带，见座座高楼耸立在青山碧水之间，任凭秋风掀动绵绵思绪，便会油然生出"不是春光，胜似春光"的感慨来。

记得年轻时的一个秋天，我携女友去香山踏秋，她斜依霜枝，肩垂秀发，含情脉脉地要我为她拍照，迷离斑驳的阳光从树杈中间洒落下来，缀满全身，秀美的身段闪耀着宝石般的光泽。快门"咔嚓"的一瞬之间，仿佛把我带向了梦幻世界，于是情不自禁地赋诗一首，题为《枫林存照》，诗曰：

霜林疏影通幽径，暮云遮日半山红，

落落伊人凝望远，离离草木亦动情。

那实在是一种令人陶醉的美妙境界。几十年过去了，每每在夜深人静时，我常常伏案灯下，翻开影集，读诗读人，心中便涌淌着一股爱和美的暖流。

美的珍藏是永久的。其实，值得珍藏的又何止是西山的秋色。

我对故乡的秋天情有独钟。当然，最使我迷恋的还不止是那"碧云天，黄叶地，秋风紧，北雁南飞"的秋之况味，也不止是那火焰般燃烧的柿子林、高粱地，甚至也不是那闪耀着金子般光彩的黄河帆影。在五彩缤纷的秋韵之中，真正使我动情的，却是那一望无际的貌似荒凉的黄河滩芦苇荡。芦苇，在某些人看来，或许是一种卑微低贱的植物，它生长在烂泥浊水之中，既无绚丽的花朵，也无殷实的果实，又有什么可以值得赞美的呢。其实不然，在我看来，如果植物王国少了芦苇这个品种，万紫千红的秋天也就会黯然失色。唐朝诗人郑愔就曾写过这样的诗句："岸苇新花白，山梨晚叶丹"；元朝许有壬也曾留下"清霜醉枫叶，淡月隐芦花"的绝唱。试问，没有芦花之白，哪里会显出山梨叶丹呢；没有淡月隐芦花，哪里会有清霜醉枫叶之美呢。红白相间，浓淡相宜，色彩缤纷，万紫千红，这才是秋色迷人的真谛所在。我曾经去过杭州西湖，那里有一处"西溪观芦"的名胜。深秋季节，当你站在观芦亭下极目远望，只见隐隐青山下，绵亘千余亩的芦花迎风怒放，如同白浪翻滚，万马奔腾，好不壮观！但是，要是与我家乡黄河芦荡的壮观景象相比，那就小巫见大巫了。

少年时代，我常常喜欢在夕阳西下的黄昏坐在河边，手执竹笛，凝目天边，向着滔滔不息的黄河，尽情倾吐童年的梦想。这时，晚霞像火焰燃烧，遮掩了半个天空。夕阳像一个巨大的红色轮子，在橘红色的彩霞中滚动，渐渐地隐入朦胧的远山。晚归的帆影如燕子般掠过浪尖，一盏盏渔火次第开放，与天上的星光交相辉映。渐渐地，昏暗的河水沉入夜色，一弯新月升上高空，在风中舞动的芦花一浪高过一浪涌向天边，银白色的波光与淡灰色的波影时隐时现，此起彼伏，在暮色中如同抖动的绸缎，那种神秘而奇妙的感受绝非语言和绘画能够描述的。不要说是"西溪观芦"了，即便是"海宁观潮"，也难以体味到这样独特的情趣和美的底蕴。

每到秋天，黄河便进入了枯水期，干涸的河床、河滩，常常是芦苇的天下。这里野鸭成群，硕大的鸟蛋随处皆是。乡亲们常常背篓提筐到河滩捡拾鸟蛋，如果运气好，在浅水河洼里还可以打捞上活蹦乱跳的鱼虾，甚至一两条红尾巴黄河鲤鱼。当人们满载着一天的喜悦，欢呼雀跃着走回村庄，白茫茫的芦花排成齐刷刷的队列，向人们挥手致意，仿佛在祝福他们丰盈的收获。

　　当然，芦苇对人们的奉献还远不止这些。芦茎中空，高达二三米，柔韧坚挺，狂风吹而不折，常常用来盖房搭屋，风雨不透。茎叶编织凉席，经久耐用，凉爽宜人。苇叶编织的工艺品玲珑高雅，甚受喜爱。至于芦根，洁白滑润、煲水代茶、清肺消毒、去火利尿，疗效极佳。我小时候常流鼻血，父亲总要采来芦根，煎茶代饮，连服数日，便可不治自愈。尤其是在战争年代，芦苇荡像一副天然屏障，为保护家乡的父老乡亲和游击战士，曾立下过汗马功劳。芦苇的性格，芦苇的情操，芦苇的风韵，在人类社会和文明的发展史上，是值得大书特书的。

　　也许正是这样的缘故吧，我对秋天的芦花始终怀着深深的眷恋之情。也许是上了年岁的关系，随着岁月的流逝，对芦花的美丽更是钟爱有加。秋天，我可以不去香山踏赏红叶，但一定是要去颐和园昆明湖畔绿荫遮掩的西堤，在晚霞的映照下，当随风起舞的芦苇摇曳着满头白发，如泣如诉地向着落日挥手告别时，我心中总涌腾着联翩的浮想。想起童年，想起兵荒马乱的岁月，想起故乡芦苇荡的历史变迁……有时，会突然惊飞起几只野鸭，扑啦啦，打断我的思绪，随即又把我的目光引向云蒸霞蔚的天边。

　　芦花的美丽是永恒的，芦花的爱恋也是永恒的。我曾以芦花自喻，写过一首小诗：

芦　花

面对盈盈秋水

禁不住

禁不住太多相思

心在颤抖

人已憔悴

任秋风　漂白了一头银丝

那有什么　那有什么

今生今世

既然　把相思托付给你

即使　等到地老天荒

我的每片叶子

都写着　你的名字

秋天最美的树

要说秋天最美的树，我会不假思索地脱口而出：柿子树。俞平伯先生曾经为秋天的柿子树写过一副对联，曰：

遥灯出树明如柿

倦桨投波蜜似饧

我家住豫北，亲自体验过秋天柿园的况味。当秋风乍起，树叶纷纷飘落，呈现一派万木萧索的苍凉景象时，唯有黄河岸边的柿子林张灯结彩，临风摇曳，殷实地面对秋水长天，孤帆远影，傲然显示出一派黄河汉子的英雄气概。此刻，当我徜徉在"万叶秋声里，千家落照时"的黄昏，透过柿园遥望"萧萧远树疏林外，一半秋山带夕阳"的壮美景色时，仿佛听到黄河的涛声在娓娓诉说着一个遥远的故事。

那是很久很久以前，有一户姓郭的人家从山西大槐树下逃荒要饭来到这个地方，举目四望，全是艾蒿衰草，除了一间茅屋孤零零地依偎着荒丘，像一位苟延残喘的病人瞩望着蓝天外，几乎是一无所有。长途跋涉的疲惫，又渴又饿，他们似乎已经绝望。怀着悲怆的心情，他们一步一步地走近荒丘，突然眼前一亮，发现茅屋前有一泓池水，在阳光的照耀下闪烁着清冷的银光。茅屋旁，兀立着一棵落光了叶子的柿子树，摇曳的树枝上挂着几个红纱灯般的柿子，放射着希望的光芒。于是他们就靠着这间茅屋、一泓池塘和一棵柿子树，在这里定居下来。他们在黄河的涛声中编织着生活的憧憬，每天日出而作，日落而息，依靠勤劳的双手开拓出一片美丽的家园。老人们都说，这就是我们郭庄村的来历。

从此，郭庄村便与柿子树结缘。家家户户都在房前屋后种上几棵柿子树，既是为了品尝丰收的喜悦，更是为了难以忘却的纪念。柿子树对自然环境条件要求不高，无论是在田埂地头，还是在荒山野坡，只要扎下根来，便可茁壮成长。它抗寒耐旱，不需要特别照料。

春风送暖季节，它那遒劲的枝条上长出嫩芽，贪婪地吸收阳光雨露，要不了几天，就茎粗叶茂，临风招展了。柿子花异常美艳，虽然没有牡丹那样硕大，没有玫瑰那样俏丽，却如丹青蜡染般质朴妩媚，暗吐馨香。鹅黄的花瓣盖满枝头，招徕群蝶。当青青的柿子刚刚伸出头来，柿子花便悄然飘落。

夏收季节，炎阳似火，柿子林却是遮阴纳凉的好地方。硕大的树叶厚实茂密，浓阴遮天，无论天气多么炎热，树下却凉风习习，清爽宜人。少年时光，我常把捉来的蝈蝈扔在树上。小伙伴们三五成群地躺在树下歇晌，一边海阔天空地唠叨着轶闻趣事，一边陶醉于大自然美妙的歌声之中，有说不出的畅快愉悦。到了晚上，就连大人也常常拎着凉席到树下过夜，小伙伴们或在树林里捉迷藏，或听老人讲述黄河变迁的故事，那更是别有情趣。

尤其是到了秋天，几场秋霜，柿林尽染，绵延数里的柿子林沐浴着秋天的斜阳，抹红了半边蓝天，显得格外美丽动人。城里人在这个时候都喜欢到郊外踏秋，见到漫山遍野的枫树红如云霞，就会高兴得手舞足蹈，流连忘返。其实，乡下人还是觉得由柿子树装点的秋色最美。

秋风吹来的时候，柿子林渐渐脱去翠绿，披上浅黄继而是深黄的盛装，金黄的柿子挂满枝头。接着，随着深秋的来临，秋风就像一位魔术师，一夜之间就给柿子林换上了红艳深浓的晨妆，随即，柿园丰收的演出便拉开了序幕。全村男女老少，背着竹篓，推着小车，一路歌声、一路笑语涌向柿园。这时，你抬头看吧，如小小红纱灯般耀眼的柿子挤眉弄眼，垂在树梢，仿佛在恭候着主人的光临。小伙姑娘们爬上树杈，手执一柄长竿，用竹夹子一个个将柿子勾进竹篓，歌声伴着柿子一起跌落，沉甸甸的喜悦就这样堆满了农家场院。啊，那真是一个流蜜淌甜的季节。难怪故乡人敢于巧改杜牧的诗句，在门口贴上了这样一副对联：停车坐爱柿林晚，霜叶红于二月花。

是的，柿园秋色是美丽的，但是更美的恐怕还是柿子的品格。

在贫瘠的土壤上，在恶劣的环境中，柿子树捧出的果实是甜美的。据科学家测定，鲜柿每100克，含糖15%～16.5%，蛋白质1.36%，脂肪0.57%，维生素C7～11毫克。此外，还含有胡萝卜素、无机盐等，其营养价值高于苹果、葡萄和梨等。柿子加工成各种风味食品，备受欢迎。熬成柿糖，甜蜜可口；榨压柿汁，沁人心脾；蒸制柿酒，醇香醉人；做成柿饼、柿糕，健胃补脾。切片晒干，磨成柿面，可以长期保存。在北方农村就有"枣柿半年粮，不怕闹饥荒"的说法，所以柿子对人类的贡献是值得赞美的。至于说到柿树木材，强韧质密，耐腐抗压，是制作农具、家什和雕刻的上等材料，这已经是尽人皆知了。也许正是由于柿子树有一副铮铮铁骨，才能生荒丘而不志短，抗旱涝而不折腰，给人类捧出的是喜悦，是甘甜，是美丽，是吉祥，是源远流长的奉献，是绵绵无尽的思念。

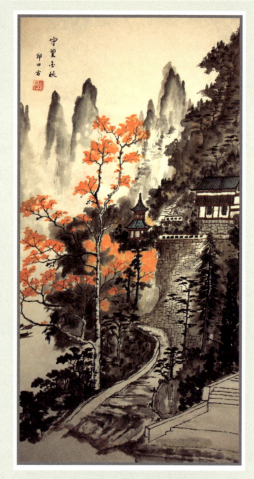

我爱柿子树，爱它黄河一般英雄顽强的性格。

故乡的大枣树

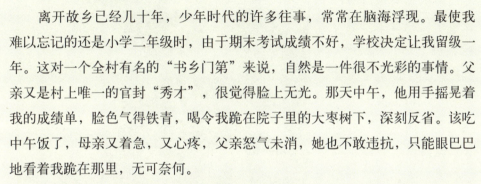

离开故乡已经几十年，少年时代的许多往事，常常在脑海浮现。最使我难以忘记的还是小学二年级时，由于期末考试成绩不好，学校决定让我留级一年。这对一个全村有名的"书乡门第"来说，自然是一件很不光彩的事情。父亲又是村上唯一的官封"秀才"，很觉得脸上无光。那天中午，他用手摇晃着我的成绩单，脸色气得铁青，喝令我跪在院子里的大枣树下，深刻反省。该吃中午饭了，母亲又着急，又心疼，父亲怒气未消，她也不敢违抗，只能眼巴巴地看着我跪在那里，无可奈何。

时值盛夏，炎阳高照，空气潮湿而又闷热，多亏院子里那棵大枣树，浓荫遮天，为我撑起一把绿伞，使我免受曝晒之苦。跪了半天，实在是饥肠辘辘，仍不见父亲发话，便急中生智，顺手抄起一根竹竿，从树上勾下几颗大枣，塞进嘴里，又脆又甜，既止渴，又解馋，心里美滋滋的。我暗暗嘀咕，只要有枣吃，再跪上半天，我也不怕。后来，还是母亲一再求情，父亲总算宽恕了我，风波也就过去了。

从此，我与那棵大枣树便结下了不解之缘。每天放学回来，我从它的身边走过，总要用手轻轻抚摸一下它那粗壮的躯干，还经常给它浇水施肥。那年秋天，大枣树挂满了果实，红红的像玛瑙，一串一串地从树上垂向地面，仿佛在给我庆功。有一天，我正在给大枣树施肥，父亲走过来说："人勤树不懒，有肥果才甜。"一个劲儿地夸奖我变得勤快了。不过，回头又丢下一句话："学习也要勤奋。只要功夫深，铁杵磨成针，偷懒是不行的。"顿时，我的脸红

17

得像枣皮。我暗暗下了决心，一定要把学习搞好，做个样子给父亲看看。

我真的开始用功了。每天起早贪黑，写作业，背功课，成绩大有进步，期末考试得了个"满堂红"。父亲自然非常高兴，冒着大雪专门到城里买来白面，让母亲给我蒸了一锅枣泥馅的包子，做了一锅腊八粥，说是要慰劳慰劳我。母亲说，大枣树吃了"腊八粥"，明年就会多结枣，给它也喂点腊八粥。我真的相信了母亲说的话，端起饭碗走到院子里，给我心爱的大枣树抹了一身"腊八粥"。

说也奇怪，大枣树从此长得格外茂盛，每年，春风一吹，大枣树就透出了鹅黄色的嫩芽，渐渐地展开了肥壮的叶片。伴着布谷鸟的啼鸣，枣花张开了笑脸，给满院洒遍了清香，引来蜜蜂、蝴蝶戏闹枝头，小院里充满了欢乐和生机。

夏天到了，大枣树更是显得生机勃勃，枝繁叶茂。晨雾还没有散去，大枣树就身着绿装，在风中翩翩起舞，树叶沙沙作响，喜鹊喳喳报晓，组成一曲动听的交响乐。到了中午时分，便成了知了的天堂。爱唱歌的蝈蝈也不示弱，悠扬的歌声此起彼伏，格外动听。有时，偶尔还飞过来一两只黄鹂，也加入它们的合唱，使人陶醉于"树阴满地日当午""流莺百啭最高枝"的美妙意境之中。大枣树下的夜色更是别有一番情趣。当夕阳收下最后一道余晖，树梢上闪烁着满天星斗，母亲总要在树下铺上一张凉席，一边摇着蒲扇，一边给我讲述嫦娥奔月、牛郎织女的故事，当月亮高高地升上天空，我总是在黄河的涛声中悄悄地进入梦乡……

母亲说，有一年黄河发大水，洪水挟着泥沙席卷了整个华北平原，淹没了村庄，毁坏了农田。水退沙留，遍地堆满了高低不平的沙丘，没有想到，沙丘却长出了很多枣树，后来我们这里便成了有名的枣乡。黄河滩枣个大汁甜，营养丰富，被做成各种罐头、药膳，远销全国各地。在兵荒马乱的年代，黄河滩枣可救了不少人的性命呢！

枣树有很强的生命力。不管是在贫瘠的土地上，还是荒原沙丘，都可以茁壮成长。它不惧严寒，不怕酷暑，不需要特殊的照料。尤其是在干旱的年月，它把根须深深地扎入地层，四处寻找水分，照样开花结果。秋风起的时候，层林尽染，金黄色的树叶随风飘落，火焰般的红枣映红了天空，此时此刻，登高远望，不但丝毫没有悲秋的愁绪，感叹"落叶西风时候，人共青山瘦"，反而因为秋的殷实和丰硕，油然生出"一年好景君须记，最是橙黄枣红时"的感慨来。

收枣季节，家家户户场院里，房顶上，到处晒满了红枣，连空气中都弥漫着浓浓的红枣香。要说红枣的用途那就太多了，由于红枣气味清香，滋味甘美，《本草纲目》上把它列为补气养胃、健脾补血的上品。据说，用红枣与高丽参同煲，对治疗盗汗，效果极佳。记得小时候我肚子疼，久治不愈，母亲用几枚红枣在炭火上烤熟，用布条缠在我的肚脐眼上，很快肚子就不疼了。至于用红枣煲汤或泡茶，男女老少皆宜，至今市场上到处都可以买到枣茶饮料。红枣，作为饮食业的重要成员，已走进城市的千家万户。由于枣木质地细腻坚硬，许多高档家具都用枣木做成，受到普遍欢迎。

也许正是因为大枣树给我留下太多太多美好的回忆，大红枣给人类太多太多的恩惠，所以，我赞美枣树的美丽，更赞美它崇高的品格。故乡的那棵大枣树永远深深地扎根在我的思念之中。

浓浓柳树情

"涌金门外柳垂金，三日不来成绿荫。折取一枝入城去，使人知道已春深。"元朝诗人贡性之这首咏柳诗已成为千古绝唱，为世人传诵。柳树这种广泛分布于我国的树种，几千年来与我们中华民族根系相连，历经寒冬酷暑，沧桑巨变，用生命之笔在大地上描绘出一幅幅绚丽迷人的画卷。

我的故乡在豫北黄河岸边，尽管气候干燥，土壤贫瘠，却生长着很多柳树。村头路口，房前屋后，溪畔河边，田埂阡陌，一丛丛，一团团，如烟似雾，如醉如痴，或金线倒垂，或翠裳轻舒，那姿态，那神韵，令人心醉神迷，浮想联翩。

最使我难以忘怀的是村头路边那棵翠绿的黄河柳。虽然离开故乡已经几十年，但那棵老柳树的身影却日夜在我心中摇晃。在它绿荫的庇护下，我走出童年，已经走得这样久远，可我怎样也走不出对故乡那绵长的思念。儿时，月白风清的夜晚，我们一群小伙伴曾围着它捉迷藏。白天，我常常爬到它的树杈上，把黄河的帆影张望。当父老乡亲沿着金色的河滩收工归来，孩子们就吹起口哨，快活得就像一群小鸟。顿时，茅舍收起了炊烟，浓密的柳荫下，便溢满了苞谷粥的清香。在那棵老柳树下，老奶奶的纺车声，悠悠地抽出一个个多么古老的故事，爷爷的烟袋锅，吱吱点燃了一个又一个漫长的冬天。记得，我就是戴着柳枝编织的项链，扯着妈妈的衣襟，羞怯地走进山神庙学堂的。有一年天旱无雨，全家就靠着苦涩的柳芽，才勉强渡过了一场饥荒。在那棵柳树上捉知了，掏喜鹊窝；在那棵柳树下，磨镰刀，编柳条筐。全村男女老少都和

那棵老柳树结下了不解之缘，都在那棵柳树下留下动人的故事。一位老爷爷这样对我说："孩子，这棵大柳树大着呢，它抱着咱们全村的老老少少，它覆盖着咱们整个村庄呢！"

我赞美黄河柳，这不仅仅是因为它覆盖着我童年蔷薇色的回忆，更主要的是，我倾慕它谦卑朴实、坚韧顽强和勇于献身的品格。

黄河柳有着庞大的家族。无论是山清水秀的原野，还是炽热灼人的沙漠，甚至潮湿瘠薄的湖洼，都可以看到它风姿绰约的身影。剪一枝柳条插进泥土，用不了几年它就会长成大树。它不像骄傲的白杨树整天挺着胸脯哇哩哇啦地向人们炫耀自己的歌喉，而是时时刻刻将沉思的头颅垂向大地，垂向支撑它成长的树根。尤其是在黄河上游的沙漠地区，一排排红柳像英勇顽强的战士，在"风吹石头大如斗"的恶劣环境中不屈不挠地抗争着，拼搏着，终于赶走了荒凉，唤来了春色。

的确，柳树为人类献出的太多太多。活着的时候，为人间增添一片绿色，用柔韧的枝条编成精美的柳条箱、柳条筐；死了，慷慨地献出自己的躯体，供人们做成坚固耐用的家具。即使树根干枯了，也要投入炉膛发出最后的光和热。

时下，正是春日融融季节，一片片柳林鹅黄嫩绿，一束束桃花姹紫嫣红，凝望着漫天飘舞的柳絮，我愈加眷念黄河岸边那"柳堤行不厌，沙软絮绵绵"的少年时光。我想，这些年来，故乡人民响应"植树造林，绿化祖国"的号召，一定又栽种了不少柳树，有的恐怕早已成为国家的栋梁之材了吧！

故乡的小路

鲁迅先生说过，世上的路，本无所谓有无所谓无的，走的人多了，便成了路。路，有大有小，有长有短，有的笔直，有的弯曲，像血管，像蛛网，布满了地球。世界上究竟有多少条路，恐怕谁都很难算得清楚。我这大半生也走过不少路，有阳光大道，也有羊肠小径，有的平坦，有的坎坷。走过去大体都已忘却，唯有故乡村前那条曲折的小土路，几十年来，不管我走到哪里，它都始终如一条长长的飘带系着我的思念，缠绕在我的梦中。

在我心目中，那是世界上最美最美的小路。它悄无声息地从我家门前伸出，闪耀着金子般的光泽，绕过清清的池塘、葱郁的枣林，穿过色彩斑斓的原野，消失在雾霭笼罩的远方。在那条小路上，我摔过多少次跟斗，背过多少筐猪草，吹奏过多少支柳笛，采摘过多少朵野花，留下过多少童年的脚印，编织过多少少年的梦想，真是说也说不尽，记也记不清了。

我是沿着那条小路去太平镇上小学的。由于太平镇离我们村很远，大约有十二华里，所以我只能在学校寄宿。每周往返一次，那条小路伴随着我从童年走向少年，从无知走向有知，从混沌走向光明，直到更加辽远的未来。虽然这条小路只有十二华里，它却是我漫长人生道路的起点。

上小学时，我的数学成绩很不好。每个周六下午，别的同学都高高兴兴地回家了，我常常被数学老师留在学校补课。做错了习题挨训不说，最糟糕的是往往要赶夜路，对一个孩子来说，那真是一种可怕的惩罚。有两次是我最难忘的，一次是夏天，一次是冬天。夏天那次，我上的是五年级，补完课，天就

要黑了。刚走出村口，就看到西北天空布满了乌云，隐隐约约听到阵阵雷声，不一会儿，狂风大作，豆大的雨点砸落下来，还夹带着冰雹。我手中的油纸雨伞，被风吹得前仰后合，发出噼噼啪啪的声响。雨越下越大，厚厚的雨帘遮住了视线，我只能深一脚浅一脚地在积满雨水的小路上躬身前行。穿过连绵起伏的沙丘，眼前就是有名的黄河故道，极目望去，不见一个人影，只有那在狂风骤雨中拼命挣扎的丛丛芦苇，给我指引着方向。差不多有八华里宽的故道荒滩，没有一座村庄，骤雨荡起的青烟时隐时现，显得那样神秘而捉摸不定。狂

科学之恋

——郭日方散文随笔选

风在咆哮着，骤雨在倾泻着，雷声在滚动着，闪电撕破云层的刹那之间，仿佛随时都可能把我抛向空中，我突然觉得是那样的可怕。然而，退却是不可能的，脚下那坑坑洼洼的小路似乎在叮嘱我："孩子，咬咬牙，走回家去。"于是，不知从哪里来的勇气，我硬着头皮，踏着泥泞，涉过汪洋，被小路托举着攀上了黄河大堤，终于透过漆黑的夜幕，看到了我们村庄的灯光。

还有一次是在我上六年级的那个冬天，也是周末。这次数学习题做得比较好，老师夸奖我大有进步，我心里美滋滋的，可以早点回家了。可是天不作美，刚出校门，就纷纷扬扬下起了大雪。洁白洁白的雪花，悄然无声地飘落下来，不多一会儿，就染白了原野，遮住了道路。辽阔无垠的黄河故道被晶莹皎洁的白雪，铺上一层天鹅绒般柔软的地毯。天是白的，地是白的，房是白的，树也是白的。到处都是白茫茫的一片银色世界。尽管这条路我走过不知多少遍了，此刻面对茫茫雪原却也不免踌躇彷徨起来，生怕迷失方向。夜幕正在慢慢地垂落下来，如果不鼓足勇气，加快脚步，恐怕真要迷失在这荒原里了。我第一次尝到"没有道路"的滋味。

我是那样渴望见到那条熟悉而亲切的小路啊。每年春天，小路两边开满了各式各样的野花，散发出淡淡的清香，圆圆的池塘映照着蓝天白云，如宝石般镶嵌在它的身边；夏天，路边的垂柳随风飘荡，柳荫深处的黄鹂在婉转歌唱，乡亲们踏月而归，在小路上撒下欢乐的歌声笑语；秋天，熟透了的高粱如一片云霞，满地的谷子一片金黄，沉甸甸的收获被车轮负载着压弯了小路的脊背；冬天，农夫们赶着牛车去地里送粪，麦苗儿在厚厚的积雪下，做着金色的梦……

我一边走着，一边想着，顿觉身上暖洋洋的，脚下也增添了无穷的力量。咯吱咯吱的脚步声仿佛在轻声叮咛：孩子，路就在脚下，大胆地往前走吧，希望就在前方！

我就是带着小路的嘱托和叮咛走出故乡的。以后，无论是在陡峭的山路上攀登，还是在浩瀚无垠的沙漠荒原上跋涉，无论是在灯红酒绿的繁华城市，还是在风光绮丽的乡村，小路的嘱托和叮咛时刻都催促着我前行的脚步。认定目标，永不退缩，在人生的旅途上留下坚实的脚印，这就是故乡那条小路留给我的永恒启示。

大 黑

小时候，我家养了一只大黑狗，体魄健壮，皮毛通黑透亮，长长的尾巴如扫帚般摇来摇去，尤其是那两只又大又亮的眼睛，仿佛就会说话。更有趣的是，它不仅很会看守家门，还会捉老鼠，抓野兔，全家人都很喜欢它。

农忙季节，我常常带着它去地里干活。它伸着长长的舌头卧在田埂上，只要听见什么动静，便"汪汪"地发出叫声。有一次，我看到它突然从地上站起来，围着一只甲壳虫在原地转圈，还不时地伸出利爪拍打着它，似乎玩得很开心。就在这时，一只野兔从田头跑过，大黑闪电般窜了上去，眨眼之间，就把野兔叼回来了。有时家里杀鸡，也请大黑帮忙。只要我用手一指，大黑总是干净利索地完成抓鸡任务。至于它帮助抓到的老鼠，就不知有多少了。

抗日战争时期，大黑成了我们村忠实的哨兵。有一天黄昏，我们正在吃晚饭，突然大黑高声狂吠起来，全村人都不知道发生了什么事情。我急忙跑到院子里，只见大黑把耳朵竖起来，向着村西的方向叫个不停。我猜想一定发生了什么情况。只见大黑用两只前爪不停地刨地，显得异常焦躁不安，随后，又跑到我的身边，用嘴咬着我的裤腿向后拉扯，我赶忙跟着它奔向村外，听见黄河大堤上马嘶人喊，嘈杂的车轮声越来越近，我如梦初醒，一定是日本兵要进村了。说时迟，那时快，我迅速跑回村庄，把消息通知街坊邻里。当日本兵进村时，除了怀孕生病的李二婶没有来得及跑掉以外，乡亲们都躲过了那场浩劫。后来，我们回村时听说，李二婶被日本兵糟蹋后上吊自杀了。大家都说，是大黑救了全村人的性命。

1948年，黄河区闹饥荒，连野菜都被吃光了。迫于无奈，我们全家只好渡过黄河去开封投奔亲友。父亲说，出去避难，不好再带一只狗。尽管我苦苦哀求，父亲还是没有答应。住在一个院里的老道爷见我哭得可怜，便安慰说："孩子，把大黑交给我吧，只要有我吃的，这大黑就不会饿死。"我只好含泪点了点头。大黑仿佛听懂了什么，紧紧地依偎在我的脚下，眨巴着两只眼睛，显得无精打采。那天晚上，大黑卧在我床边，我心里很难受，一夜没有睡觉。

第二天早晨，老道爷带着大黑去黄河岸边为我们全家送行。雾气蒙蒙的天空没有一片云彩，野草在岸边微微颤动，在踏上甲板的那一刹那，我真是心如刀绞，有说不出的难受。只见大黑站在岸上，半低着头，垂着尾巴，发出痛苦的呻吟，它似乎知道我们全家要出门远行，却又不理解为什么要把它留下。这时，我顾不得父亲的阻拦，转身又跑到岸上，双手抱着大黑的头泣不成声。就要开船了，我依依不舍地对大黑说："在家听道爷的话，不要乱跑，等我到开封安顿好了，就来接你。"只见大黑眨了眨眼睛，从它眼角流下了一串泪珠。

没有想到，这一走，竟成了我与大黑的永诀。那年夏天，我们家乡闹虫灾，铺天盖地的蝗虫把庄稼吃了个精光。老道爷贫病交加，身边又无儿女，竟活活饿死在茅草屋里。大黑无依无靠，在村外到处流浪。听村里人说，有一次大黑去野外找东西吃，被饥饿难忍的外村人乱棍打死，连尸骨都被当成柴烧了。

新中国成立后，我们举家迁回故乡。一想起大黑狗，我心里就有说不出的难受。有一天夜里，我梦见大黑狗睁着亮晶晶的大眼睛，卷着毛茸茸的尾巴，向着黎明的曙光嗷嗷吠叫，满院的迎春花绽开了金灿灿的笑容，一个充满光明和温暖的世界终于来到了人间。

大黑，不就是呼唤春天、呼唤光明、呼唤温暖的使者吗？

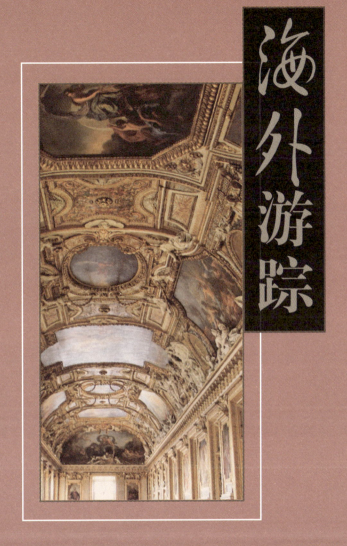

海外游踪

索马里找水记

"水，就是生命。"在索马里，人们经常说的就是这句话。

我们在索马里北部地区，随处可见"穷荒绝漠鸟不飞""野云万里无城郭"的苍茫景象。每当旱季，这些地方风沙肆虐，草木枯黄，乱石荒漠，兽骨蔽野。在赤道烈日的烧灼下，地面温度高达60℃。在这种情况下，牧民们只好成群结队牵着骆驼向南方迁徙；途中，过度疲惫的牛羊骆驼走着走着，便轰然倒地而死，令人惨不忍睹。

为了拯救濒临死亡的生命，为索马里人民造福，中国水文地质考察组的专家们，冒着赤道烈日，穿过茫茫丛林，在这里度过了几千个难忘的日日夜夜，留下了许多动人的故事。这里记述的就是我亲身经历的一件事。

有一次，考察组的专家们在完成了一天的考察任务，乘车返回驻地时，迷失了方向，眼看太阳就要落山，这在野兽出没的非洲荒原上是非常危险的。天色渐渐黑下来了，疲惫不堪的我们忍着饥渴，坐在地上一筹莫展。这时，远处传来狼嚎，那凄厉的叫声在静寂的荒原上令人毛骨悚然。尽管我们随身带着猎枪，但是，如果对凶残的野狼开枪，其后果不堪设想。此时此刻，我真希望那黑夜中的树木能为我们指示回家的道路。

"灯光！"有人突然大喊一声，大家的心不禁为之一震。果然，在漆黑的夜幕里摇动着一束灯光，闪闪烁烁，时明时暗，虽然看起来离我们还很遥远，但却如在雾海迷航中看见灯塔，大家都很高兴。于是，我们坐上汽车，风驰电掣般去追赶那诱人的灯火。距离渐渐近了，我们汽车的车灯和前方的灯光交织在一起，之后，汽车戛然停下，只见开阔地上站着一位亭亭玉立的

索马里少女。

"卡蒂加!"我们一起大喊起来,原来是房东的女儿来寻找我们。在明亮的灯光下,卡蒂加匀称修长的身材在透明的纱笼下显露出来,又长又黑的发辫垂在腰际,高高挺起的胸脯更加衬托出她的美丽妩媚,唯有她的眼神中流露出几分焦急,却也越发显得善良可爱了。

那一瞬间,我仿佛真的看到一位播撒光明的天使站在我们面前。

"西娜,瓦拉罗(中国兄弟),可找到你们了!"她兴奋地说。她告诉我们,天黑以后仍不见我们返回驻地,村上的索马里朋友便一起出动,分路四处寻找,她和弟弟负责这一片地区,两人骑着摩托车已经找了两个多小时,终于在这里发现了我们的汽车轮印。

"姐姐都快要急哭了。"她的弟弟奥马推着摩托车欣喜地说。

"快回去吧,村里的人都等急了。"卡蒂加有点不好意思地催着我们上车。

在我们返回驻地的路上,卡蒂加姐弟俩骑着摩托车在前边引路,我和同伴们在车中又唱起"中国索马里是兄弟"这支广为流传的歌曲,歌词的大意是:

中国索马里是兄弟,情深意长在一起,同命运,共呼吸,永远友好不分离……

自从那次迷路之后,我们每次外出考察,索马里朋友都要陪同前往。经过多次考察勘测,中国打井队在当地打出了几眼水量颇丰的深水井。有一年,索马里发生了严重干旱,大地龟裂,瘟疫流行,这几眼水井被当地人民称为"神泉",挽救了人们的生命。记得我们离开那个村庄时,全村老少都来送行,卡蒂加站在路边泪眼汪汪地目送我们远去。此后,我们再也没有见到她。我回国后,一位索马里朋友来信告诉我,说她后来考进开罗大学,专门学习水文地质,准备回国后为索马里寻找更多的水源。

时光流逝,一晃几十年过去了,我遥祝卡蒂加如愿以偿。

蚁 谭

　　早在孩提时代，我就对小小的蚂蚁产生了浓厚的兴趣，每逢盛夏，常常在浓密的大树下看蚂蚁上树、蚂蚁搬家，有时竟被两群蚂蚁打架的壮烈场面牵住目光，忘记回家。最有趣的是，成群结队的蚂蚁交头接耳，从远处向蚁穴搬运食物，你来我往，好不热闹！遇有大的猎物，许多蚂蚁一齐而上，腿拉肩扛，凭着小小的身躯，竟奇迹般地把猎物运回家中。

　　20世纪70年代初，我在非洲之角索马里生活了5年。非洲大陆是一片神秘的土地，有许多趣闻轶事给人留下了美好的回忆。其中，使人最难以忘怀的还是那小小的蚂蚁。如果说，孩提时代只是对蚂蚁的生活有了一点点儿感性的了解，那么，东非沙漠草原上的所见所闻，却使我对蚂蚁社会的认识，产生了理性的飞跃。

索马里属热带干旱草原气候，常年少雨，气候炎热，在殖民主义的长期统治下，经济落后，交通很不发达。为了帮助索马里发展经济，中国专家受索马里政府的邀请，要在贝莱特温至布劳之间修筑一条长约1000公里的公路。这条公路纵贯索马里南北，穿越山岭起伏的灌木丛林和干旱少雨的热带沙漠，工程的艰巨可想而知。对于缺石少水的情况，中国专家们早有思想准备，但是对筑路中会遇到蚂蚁的困扰，却是万万没有想到的。

勘测线路的专家们手扶标杆放眼望去，只见炎炎烈日下一座座蚁窝鳞次栉比，排列无序。低者几米，高者十几米，简直就像平地拔起的一座座山包。有的山包中央生长着粗壮的大树。有的大树怀抱着坚实的蚁窝，你中有我，我中有你。走近一看，这些蚁窝全是用坚硬的黏土堆积而成。用锋利的铁锹砍去，只听哐当一声，铁锹卷刃，蚁窝不仅稳如泰山，表层竟不留任何痕迹。见此情景，中国专家们不禁瞠目结舌。无疑，筑路中排除蚁窝便成了一大难题！

当然，办法总是人想出来的。人们只好掘地三尺，用粗大的钢丝绳捆住蚁窝，又调来马力极大的推土机带动钢丝绳，费了九牛二虎之力，才算拉倒了眼前的这座"大山"。在"大山"轰然倒塌的刹那之间，我们都被惊呆了！金灿灿的蚁群如溃逃的大军山洪般倾泻下来，有的扶老携幼，有的剑拔弩张，那气势，那情景，真叫人触目惊心。当我弯下腰来细细查看蚁窝内部构造时，不能不赞叹小小的蚂蚁竟是如此才华横溢！硕大的蚁穴剖面上各式各样、大小不等的房间排列有序，整洁美观。据昆虫学家说，在蚂蚁社会里，蚁王、工蚁、兵蚁都有严密的组织和分工，等级森严，组织严密，各司其职，和谐统一。一般情况下，蚁穴与蚁穴之间和平共处，相安而生。但是，它们也有严格的不可侵犯的国界，一旦邻国的蚂蚁图谋不轨，进犯别国边境，被侵略一方便跃马出征，双方展开一场你死我活的厮杀，直杀得天昏地暗，尸体遍野，不获全胜，决不收兵。当然，牺牲最大的还是那些英勇善战的兵蚁，为了保卫王国的社稷，它们立下了丰功伟绩。

站在坍塌的蚁窝下，不知为什么我心中涌起一阵阵痛惜、内疚和钦慕之情。当推土机气喘吁吁地把蚁山推向一边，为明天铺出一条宽广平坦的康庄大道时，在我的眼前却依然矗立着一座座高耸的蚁国丰碑。昆虫世界也好，人类社会也好，似乎存在着某些相互依存、相互启迪的东西；而这种依存和启迪是如此的值得珍惜、值得眷恋。

走向黎明的地平线

"大漠孤烟直，长河落日圆"，王维的千古绝唱以动静结合、浓淡相宜的笔触，为人们展示了塞外荒漠暮色苍茫的景象，读来令人荡气回肠，玩味无穷。然而，如果你有机会去非洲，无论是在撒哈拉沙漠，还是在东非荒原，都会被另一种景象深深迷醉：夕阳西下，流沙如金色的海浪，在风的催促下缓缓滚动。低矮的灌木丛摇曳着、颤抖着，如同齐刷刷举起手的丛林，将浑圆的落日托在掌心。刚才还生机勃勃的世界，顿时沉寂下来，一切都渐渐地沉入暮色。这时，你常常会看见，远方朦胧的地平线上，从沙丘的顶端，正缓缓移动着一队骆驼，高耸的驼峰遮住了半天晚霞，负载着沉沉暮色，躬力前行，不知今夜将走向何方。

在索马里荒原，我不止一次地看到这种景象。每一次，都为这充满诗情画意的景色所陶醉。然而，沙漠中长途跋涉的辛酸，绝非常人所能体会的。有一次，我就遇到这样的情景：两支骆驼商队在沙漠中相遇，仿佛久别重逢的亲人，双方热烈握手，亲切拥抱，道长问短，互致珍重。临别时，还在对方手臂上咬一道痕迹，以志纪念。有时双方相对而跪，互祝平安，挥泪而别，新的跋涉又展现在眼前。前途坎坷，只有苍天知道是吉是凶。面对前景未卜的沙漠之旅，这种近似于诀别的情景，无比悲壮而凄然。

所幸的是，人类在漫长的沙漠跋涉之中，总有被称为"沙漠之舟"的骆驼为伴。无论在多么艰难困苦的条件下，它都高昂着头，任劳任怨，引导着旅行者，走向黎明的地平线。郭沫若先生曾赞美骆驼"给了旅行者，以天样的大胆。"

位于非洲之角的索马里，是一个以畜牧业为主的国家，骆驼存栏600多万峰，几乎占全世界骆驼总数的三分之一，是一个骆驼比人还多的国度。自然，人们对骆驼特别珍爱。这不仅因为它是沙漠中不可缺少的交通工具，更重要的是，骆驼在索马里的经济中占有非常重要的地位。索马里人一直都把拥有骆驼的数量作为衡量富足与贫穷的标准，据说每峰骆驼价值1000多美元。婚丧嫁娶，都离不开骆驼。民事纠纷，往往也用骆驼进行赔偿。

骆驼浑身是宝。奶酪是牧民的重要食品，驼毛是制作地毯和毛毯的原料，精美的驼绒衫更是备受欢迎，驼皮可制作帐篷、皮靴，驼肉、驼掌已成了豪华宾馆的上等菜肴。沙漠旅人在极端困难的情况下，往往靠骆驼的肉、奶和血摆脱死亡的威胁。

索马里的骆驼和撒哈拉沙漠的骆驼一样，大都是单峰的，一般身长2米左右，高约3米，体重半吨，负重可达300公斤，一昼夜可行走40公里。由于生理结构特殊，一次吃饱喝足之后，可以在酷热的沙漠中不吃不喝负重跋涉10余天。骆驼有随时调节体温的功能。气温升高，体温随之升高，炎热时体温能保持在41℃。气温下降，体温又自动下降。因此，与其他动物相比，它对水的消耗相对少得多。

据索马里朋友介绍，在反抗殖民主义的统治时期，加尔卡尤、杜萨马列布等北部干旱地区的人民，常常骑在骆驼上向殖民主义者发动攻击，屡屡取得辉煌战果，以至于英、意等殖民者对索马里的骆驼恨得咬牙切齿，恨不能杀光而后快。

但是，索马里的骆驼却生生不息，代代繁衍。如果你有机会去东非旅游，

35

你可以骑上一峰骆驼漫游漫漫沙原，领略一下"沙平连碧野，蓬卷入黄云"的迷人风光，定会感到心胸开阔，其乐无穷。假如你能够赶上索马里的盛大节日，还可以看到体魄慓悍的索马里小伙进行别开生面的骑骆驼赛跑，更是别有一番情趣。

　　骆驼这种沉默的动物，不仅在中国的丝绸之路上，背负着古老的人类文明走过了漫长的旅程，为东西方文化的交流做出了重要贡献，而且在今天，无论什么地方，它都依然高昂着头颅，凝视着远方，负载着人类的希望，向着黎明的地平线，继续在努力前行。

鸵鸟轶事

第一次看到野生鸵鸟，是在非洲荒原上。有一天中午，烈日当头，风沙弥漫，沉寂的东非荒原突然喧嚣起来。一股股黄色旋转的烟柱扶摇直上，将砂粒、枯草卷向天空。所有的树木都疯狂地摇摆着身躯，发出撕心裂肺的呼啸声。我们公路勘察组的吉普车尽管开足了马力，也只能像一只甲壳虫那样，迎着风沙，艰难地爬行着。我踡缩在汽车里，凝望着被风沙遮住光芒的太阳，仿佛觉得地球的末日就要到了。就在这时，司机小刘突然大喊一声："快看，汽车右前方的灌木丛里有一群鸵鸟！"

汽车突然精神起来，小刘换上高速挡，加大油门，向着右前方冲去。在非洲荒原上开车，没有什么固定的道路，只要地面平坦，随处都可以行驶。吉普车以迅雷不及掩耳之势，穿过丛林，迅速接近了鸵鸟群。谁知，到了只有几十米的距离，警觉的鸵鸟突然展开两翼，拔腿就跑。翼仗风威，腿藉脚力，全身的羽毛抖动着蓬松如"帆"，时速估计能达50～60公里。尽管我们不停地呼喊着给小刘加油，汽车也使出了全身力气，无奈鸵鸟风驰电掣，不一会儿便消失在密集的丛林之中，我们只好望鸟兴叹，一个个汗流浃背地走下汽车，细细查看鸵鸟刚才休憩的地方，竟意外地发现灌木丛树根下，有几个圆坑里被风沙浅浅地覆盖着几颗鸵鸟蛋。大家喜出望外，决定带回住地看看能不能孵化出几只小鸵鸟。

为了不让老鸵鸟过分伤心，我们只带回两枚鸟蛋。鸟蛋很大，呈黄白色，蛋壳外表光滑，布满了小麻点，重约1.5公斤。孵化小鸵鸟的任务交给了我。回到住地后，我将鸵鸟蛋放进有空隙的木板箱里，下边铺上松软的杂草。专家组住的活动房白天温度最高可达40℃，40天后的一个中午，我发现蛋壳上出现了裂纹，几个小时后，两只毛茸茸的小鸵鸟破壳而出，很快就能在地上站稳。它们睁大圆圆的眼睛，环顾着这个陌生的世界，扑打着翅膀，旋转着身子，又蹦又跳，像两个小舞蹈家在房间里跳起了"拉丁舞"。看到这两个可爱的小家伙，我们都高兴极了，争先恐后地给它们送来了馒头、蔬菜，还有小昆虫，荤素搭配，应有尽有。在我们的精心护理下，小鸵鸟健康活泼地成长着。几个月后，我们开始教它去野外捕捉小蜥蜴，学习赛跑，学习卧倒趴下，学习与人对"话"唱歌，真是有意思极了。

我国援助索马里的贝布公路已经开工，小鸵鸟也长成了大鸵鸟，随着公路组走南闯北，它们成为我们朝夕相伴的亲密朋友。每天施工归来，两只鸵鸟在住地广场展翅迎候，有时还主动卧在地上让我们来骑。跨在鸵鸟背上，凝望着落日晚霞，和无边无际的荒漠丛林，一天奔波的疲劳顿消，有说不出的轻松和快乐。

两只鸵鸟一雄一雌，长得都很漂亮。雄性鸵鸟呈褐黑色，雌性为灰褐色。雄鸟身高约3米，雌鸟较小。到了婚配季节，雄鸵鸟就领着雌鸵鸟到草坪上啄食青草，如果雌鸟仿照雄鸟的样子边啄边舞，就说明同意了。于是雄鸟时而抬起右翅，时而抬起左翅，在原地快速旋转，发出雄狮般的叫声。雌鸟则双翅拖地，围着雄鸟转圈，然后伏在地上，雄鸟便急不可待地跳了起来，扑在雌鸟身

上，爱抚地拍打着翅膀，完成交配动作。

雄鸟的性格刚烈而又温柔。在野外，它可以与鬣狗搏斗，许多食肉动物都对它敬而远之。如果是陌生人靠近它，那可要小心。说不定它会追逐你，用粗壮的大腿把你踢倒，或用利爪把你的衣服撕成碎片。但是，在繁殖季节，雄鸟可称得上恪尽职守的"模范丈夫"和慈爱体贴的父亲。它用壮硕的身躯轻轻覆盖着鸟蛋，一刻也不离开，直到小鸵鸟破壳而出。

公路组完成了筑路任务，再有几个月就要回国了，一想起就要与两只鸵鸟依依惜别，大家都很难过。为了使鸵鸟尽快适应野外生活，我们每天对它们进行野外适应性训练。开始是我们在前边引路，沿路撒些它们爱吃的昆虫，后来就硬着头皮驱赶，有时索性就用大卡车把它们送到很远很远的丛林，结果都失败了，它们总能找到回家的路。实在没有办法，有的人干脆说，算了，不要赶了，万一赶走了被狮子、野猪吃了怎么办，或者被猎人捕捉，不就害了它们吗？据说，鸵鸟的羽毛可以做成贵妇人的装饰品，鸵鸟皮做成领夹、手提包，美观又实用。甚至连鸵鸟肉，都成了饭店餐厅桌上的美味佳肴。

回国的日期越来越近了，最后我们还是下了决心，用大卡车把它们拉到很远很远的荒原地带，趁着夜色，我们一步一回头地目送着两只鸵鸟消失在丛林深处，并深深地祝福它们坚强快乐地活下去。

回国以后，我一直保存着与这两只鸵鸟的许多照片。有一天还做了一个梦：它们站在金黄色的沙丘上，向着东方霞光升起的地方，不停地引吭高歌……

牙 刷 树

　　独特的地理环境，独特的自然景观，独特的生活习俗，使非洲大陆在人们心目中平添了许多神秘感。就拿非洲的植物来说吧，在干旱荒漠地区生长着许多奇特的植物，在世界其他各洲是很少见的。牙刷树就是其中的一种。初到非洲，在集贸市场上，我常常看到一些小贩在柜台上摆放着一捆捆灰绿色的小木棒，不知何用。一问才知道，这是用来刷牙的"牙刷"。真是奇妙，难道木棒也能刷牙？后来我才发现，这种"牙刷"，不仅经济实用，而且刷牙效果极佳，很受非洲人民喜爱。在大商店里尽管也有高档牙刷出售，但多是外国人前来购买，绝大多数非洲人很少问津，因为用这种小木棒刷牙，不需要牙膏，也不必漱口，刷出的牙雪白净亮，与"高露洁"牙刷牙膏相比，毫不逊色。据说，牙刷树的树枝中含有某种防止口腔和牙齿疾病的物质，长期使用，有防病固齿的功能。我终于明白了，非洲人的牙齿为什么总是那样洁白，原来奥秘就在这里。

　　我在中国驻索马里大使馆工作了将近五年，结识了很多索马里朋友，有政府高级官员，也有普通的平民百姓。我发现索马里人忠厚实诚，乐于助人，性格倔强勇敢，吃苦耐劳。索马里这个名字在索马里语中的意思是"乳牛与山羊的乳汁"，可见索马里人很崇尚奉献和帮助他人。在民间还流传着这样一句话："身无一文，走遍全国。"也就是说，在旅行中无论你遇到什么困难，都会有人帮助你，而且不计任何报酬。索马里大多数地区是游牧民族，只要有陌生的客人来访，都会受到盛情款待。如果天色已晚，他们会热诚地欢迎你留下住宿，一家人一顶帐篷，即使家中有十八九岁的大姑娘，也会很高兴地同客人同睡一顶帐篷，毫无羞怯的意思。可见当地民风是何等的纯朴。

有一次我到内地出差，住在一个叫做杜萨马列布的村庄。村子周围长满了各种各样的牙刷树。那里干旱少雨，风沙很大，土壤贫瘠，气候十分恶劣，但是，一种叫做金合欢的牙刷树独领风骚，与其他耐旱植物携手并肩，迎着烈日酷暑、狂风飞沙，顽强地舒展着枝叶，开放出淡红色的花瓣。树干和枝条扭曲着，造型甚为奇特。随风摇曳的枝条上垂挂着拳头般大小的鸟巢。巢口向下，五颜六色的小鸟飞进飞出，如同美丽的花朵，衬托着蓝天白云，在茅屋丛林间飘荡，远远地望去，就像一副动人心魄的非洲风情画。我被这迷人的景色陶醉了，没有想到牙刷树在如此恶劣的环境中，竟然为小鸟搭起了一座天堂，让沉寂的荒原荡漾着小鸟的歌声，它是在用自己的生命支撑着一个生机勃勃的世界！

非洲大陆的龙卷风是有名的，即便是旋风，由于热气流的运动异常剧烈，其威力也是气盖山河的。在杜萨马列布我就看到过这种壮观景象。一天中午，天气极为炎热，远处的气流像是滔滔江河在地面涌动，突然看到天边地平线上升起几柱昏黄的烟尘，它们扭曲着、旋转着由远而近，渐渐地膨胀变大，像是从空中垂下的巨型漏斗，又像疯狂的野兽，搅得天昏地暗，大有地塌天倾之势。所幸这些旋风没有经过村庄，而是雷霆万钧般穿过牙刷树挺立的林海，仿佛要把林海夷为平地。然而，金合欢树迎风屹立，毫无畏惧，躬着身躯，万枝挥摇，同旋风进行着殊死较量。无论狂风怎样猖狂肆虐，牙刷树依然笑傲云天，引吭高歌，显示出一派宁折不弯的英雄主义气概！大风过后，天空依然是那样湛蓝，白云依然是那样飘荡，小鸟从鸟巢里探出头来，依然放开美妙的歌喉，唱出悦耳动听的歌声。此情此景不禁使我对牙刷树愈发肃然起敬。

牙刷树生长的环境虽然极其恶劣，却不畏强暴，勇敢地同大自然抗争。它索取的甚少，贡献的很多，用自己的生命为大地增添了一片绿色，也给人类带来很多启示。也许正是这个缘故吧，我在回国时特意带了一根牙刷树枝，看到它，仿佛看到了令人神往的非洲大陆，看到了勤劳善良、纯朴厚道的非洲兄弟。牙刷树的清香久久地飘洒在我的心间。

月是故乡圆

客居非洲，渐渐生出一种思乡病来。万里迢迢，欲归不能，让人想得刻骨铭心，饭菜不香。说也奇怪，每当这时，月中也就临近。我总喜欢独自一人，坐在阳台，泡上一杯浓浓的浙江龙井茶，一边品酌，一边望月，竟也成了医治思乡病的一剂良药。

最怕八月中秋，也最盼八月中秋。这一天傍晚，我的思乡病又发作起来。郁郁寡欢，坐卧不安，天还没有黑下来，就搬出一张圆桌，坐在阳台，翘首等待着那一轮从大洋尽头升起的圆月。八月的东非高原，正是雨季，天气酷热不说，最使人担心的是，海上突然会吹来一阵季风，于是从海平面上就会铺天盖地地涌来黑压压的云团，中秋望月的美梦便成泡影。这样的事我曾经历过一次，每每回想起那年那月那天的情景，就不免让人胆战心惊。

还好，这一天万里无云，是我离开故乡的第五个中秋之夜。天渐渐地黑了下来，海水静静地泛动波纹，只见天海相接处泛起一片红润，半边灼灼的海水，半边灼灼的天空，仿佛一把燃烧的野火蔓延开来，在海浪的冲击下发出毕毕剥剥的声音。啊，那突然亮了起来的满天星斗，不就是它迸发出来的点点火星吗？

我感到燥热起来。眼前摇曳的凤凰木和棕榈树使人头晕目眩，尤其是那变幻不定的霓虹灯光，和震耳欲聋的教堂钟声，使我幡然警醒，故乡离我太久太远了。

就在这时，门铃突然响了起来，我揉了揉润湿的眼睛急忙去打开房门，原

来是邻居希娜姑娘送来一封远方来信。

"是她，一定是她！"我不禁喜形于色。

"是谁呀？"姑娘有些迷惑不解。

"啊，对不起，谢谢，谢谢您，希娜！"

姑娘抿嘴一笑，知趣地离开房间。我几乎是在砰然关门的同时展开了书信。灯光下，一张照片豁然跃入眼帘。照片上的她是那样娇嗔妩媚，圆圆的脸庞，黑黑的眼睛，圆圆的嘴唇，长长的披发，在圆圆的月亮映照下，勾勒出一副优美匀称的身段。她身后，是一望无际的大海，波光粼粼，月色茫茫，一叶没有帆篷的小舟偎依在黑色的礁石边，难舍难分。

她在信中问我，还记不记得那天晚上分别的这个地方。我们相约走出村外，走向沙滩，走向那一轮圆圆的月亮。

"记得，"我一边读信，一边自言自语地说。眼睛不觉模糊起来。那是一个永远让人难忘的夜晚。十五的满月像出浴的少女，从海上冉冉升起，薄薄的云彩为它披上一件淡淡的轻纱。我们并肩坐在金色的沙滩上，听海浪在脚下轻轻地诉说。你紧紧地握着我的手，喃喃地叮咛，就带走故乡的这一片月光吧，金色的月光，金色的沙滩，代表着我们两颗金子般的心……

我的心在隐隐作痛。当我捏着书信走出屋外，不知几时月亮已升过树梢。我仔细地端详着它，仿佛它是一面擦亮了的铜镜，映照着辽阔的大海、礁石、海浪、沙滩；仿佛它是姑娘圆圆的脸庞，笑眯眯地注视着我，目光中却流露出淡淡的哀愁。我不禁对着它从心底里发出沉吟：

月亮啊，请告诉远方的恋人吧。五年的异国他乡，使我深深地懂得了，故乡情是割舍不断的。谁说外国的月亮比中国的圆，依我看，只有东海普陀山的那轮中秋月才是最圆最圆的。

终于见到了列宁

1998年7月，我去俄罗斯进行了半个月的科技考察，先后访问了圣彼得堡、莫斯科和新西伯利亚，这是我第一次踏上俄罗斯那辽阔而美丽的土地。莫斯科和圣彼得堡作为马克思主义和列宁的故乡，一直是我梦绕魂牵的地方。苏维埃政权经历了70年的风风雨雨，在一夜之间土崩瓦解，红旗落地，现在究竟是一个什么样子，人民的生活都有什么变化，有许多问题我都很想亲自去看一看，听一听，再认真想一想。我是怀着复杂的心情踏上那片美丽的土地的。

当中国国际航空公司的巨型客机穿破云雾，经过七个半小时的长途飞行，即将在莫斯科国际机场降落时，我真是激动不已。绚丽的晚霞弥漫在莫斯科的上空，一幢幢五颜六色的楼房淹没在茂密的白桦林中，蜿蜒交错的高速公路，星罗棋布的别墅，闪闪发光的河流、湖泊，绵延起伏的群山，组成了一幅美丽的画卷。我俯窗远望，搜索着克里姆林宫那高耸的塔尖和闪耀的红星。然而云海茫茫，楼影重重，何处才能看到它的踪影？

俗话说，好事多磨。走过了人生的五十多个春秋，此次访俄，我有一个最大的心愿，就是要到红场看一看，特别是想去瞻仰列宁的遗容。由于在机场办理入关手续耽误了许多时间，到达莫斯科市区已是傍晚。开车的中国司机非常了解我们急切看到克里姆林宫的心情，特意绕行了几道街区，使我们能够在暮色苍茫中匆匆地看了一眼渴盼已久的克里姆林宫。此时此刻，北京差不多已是凌晨4点钟了，我们却毫无倦意，全都目不转睛地注视着那高大的红墙，注视着那高耸在塔尖上的颗颗红星。啊，近一个世纪来，在红墙内外演出了多少令人振聋发聩的故事，在红星的照耀下，列宁所亲手掀起的红色风暴是怎样席卷着全球。一切不愿做奴隶的人们，凝望着这颗红星发出了英勇抗争、要做天下主人的吼声。然而今天，当一群来自东方的共产党人怀着崇敬而虔诚的心情前来拜谒的时候，那红星在高高的天穹下已失去了光彩……

夜不成寐。匆匆吃过早饭，我们又一起来到克里姆林宫。7月17日是星期五，国际奥林匹克青年运动会正在莫斯科举行。也许是考虑安全问题，列宁墓停止开放。由于下午还要乘车赶赴圣彼得堡，我们只好在红场匆匆拍了一些照片，带着深深的遗憾回到了宾馆。使我们感到庆幸的是，当我们顺利完成圣彼得堡的科学考察任务返回莫斯科时，运动会已经结束，列宁墓又重新开放了。

7月23日清晨，我早早地就起床了。起床后的第一件事就是走上阳台去看天空，希望老天爷不要下雨，让我们能在莫斯科停留的最后一天见到列宁。然而，使人感到忧虑的是乌云正从西北方向缓缓地向莫斯科上空移动。当我们乘地铁走出站台时，瓢泼大雨倾天而下，我们只好站在地铁出口大厅里耐心等候，同时派了两位同志先去红场探听列宁墓是否开放的消息。"此时无晴似有晴（情）"，大约20分钟后，探路的同志笑容满面地出现在地铁站门口，带来了令人兴奋的消息，列宁墓照常开放。于是我们冒雨赶到了红场，终于实现了瞻仰列宁遗容的夙愿。

列宁墓开放时红场禁止游人通行。我们随着瞻仰的队伍缓缓地走进列宁墓的入口处。迈下台阶，步入灵堂，我几乎屏住了呼吸，生怕惊醒熟睡的列宁。只见列宁静静地安卧在水晶棺里，神态是那样安详。他身着深色西装，胸前系着领带，右手五指微微弯曲，放在西装的纽扣处，左手伸开垂在腰侧。在阴柔的灯光映照下，面色微微泛红，几乎看不到皱纹，似乎睡得很香很香。人们都把脚步放得很轻很轻，不少人对着列宁的遗体深深鞠躬，我甚至连眼皮都不敢眨一眨，极为珍惜这来之不易的每一秒钟。心中在默默地祈祷着，愿伟大的列宁在全世界无产者的深深缅怀中永远安息。

走出列宁墓的后面出口，我们又走向红墙去瞻仰安葬在那里的苏联著名革命家、领导人和社会活动家的陵墓。他们中间有人们熟悉的斯大林、斯维尔德洛夫、捷尔任斯基、加里宁、布琼尼、伏龙芝、伏罗希洛夫、日丹诺夫、契尔年科、苏斯洛夫、安德罗波夫、勃列日涅夫。在这些著名领导人陵墓的后面，克里姆林宫的红墙内，还镶嵌着一排整齐的大理石墓碑和骨灰盒。他们大都是苏联著名的社会活动家和革命家，如高尔基、蔡特金、列宁的夫人——克鲁普斯卡娅等。

在红场的北侧，亚历山特罗夫斯克花园里，还有一座无名烈士墓。这是为纪念卫国战争中牺牲的数百万红军烈士而建立的。深红色的大理石墓碑上雕绘着一面鲜艳的红旗和一顶红军战士的钢盔，碑面上镌刻着这样的铭文："你的名字是无名的，你的功勋是不朽的。"两位持枪守卫墓碑的战士如同雕塑一般直立不动地站在墓前，无数鲜花放满了台阶。碑前的火炬在熊熊燃烧着。当我们怀着深深的敬意在墓前致哀时，只见一对新婚青年手捧鲜花也站在墓前，一边为英灵祈祷，一边深深感激烈士们用鲜血换来了他们今天的幸福生活。

此前，我们还专门拜谒了新圣女公墓里一些著名人士的陵墓。他们是奥斯特洛夫斯基、卓娅、舒拉、米高扬、葛罗米柯、莫洛托夫、波德哥尔内以及新近安葬的著名女舞蹈家乌兰诺娃等。中国共产党左倾路线的代表王明的陵墓也设在这里。几千平方米的墓地里安葬着许多苏联高级将领、社会活动家和著名人士的骨灰，每个人都以栩栩如生的雕塑展示了他一生的重要功绩。其中赫鲁晓夫的墓雕特别耐人寻味。圆圆的头像两边是大理石基座，一边是白色的，一边是黑色的。其寓意大概是：此公的一生是黑是白，是非功过，留与后人评说吧！

啊，岁月匆匆，一代伟人、名人都已长眠地下。有的人死了，却名垂千古；有的人活着，却被人唾骂；有的人死了，却永远活着；有的人活着，却已经死了。写在历史和人民心中的碑文是谁也无法涂改的。

当我回头再一次凝望着克里姆林宫那缓缓旋动的红星时，塔楼上的钟声一阵接一阵重重地叩在我的心上……

涅瓦河涛声依旧

我们是7月17日晚上乘火车赶赴圣彼得堡的。在俄罗斯乘火车不必在候车厅等候,拿着车票直接上车厢就是了,倒也快捷便当。只是车厢比较陈旧,也不太整洁。每节车厢只有一位列车员"大叔"或"大妈"。列车驶出车站,列车员通知我们每人交15卢布(相当于21元人民币),可领取一套干净的床单、枕巾和被套。我们自然乐于从命,因为原有的卧具实在太脏了,不换新的实难安然就寝。至于饮用水,设在车厢连接处,用者自便,列车员是没有送水任务的。由于车厢狭小,空气闷热,我只好走出包厢,站在人行过道的窗口呼吸点新鲜空气。就在这时,突然飘过来一阵淡淡的清香,我扭头一看,旁边的车厢门口站着一位漂亮的俄罗斯姑娘。她双手扶着车窗把手,双脚呈八字形并拢,敏捷而又熟练地在练习着舞蹈动作。原来她是一位芭蕾舞演员。窗外林木的清香和俄罗斯姑娘温柔的目光,给郁闷的车厢吹进一股清新的空气,车厢里顿时热闹起来。有人提议,是不是同这位姑娘在一起照个相,也算不虚此行。但是且住,这是异国他乡,又是一位年轻姑娘,一旦遭到拒绝,岂不难堪!经过一番策划,由两位女同胞和翻译小赵捷足先登,不料一举成功。姑娘不但毫无拒态,而是大大方方地搂着中国男士的脖颈一个个合影留念。

这一夜睡得十分香甜。睁眼一看,已经来到圣彼得堡。在向导的引导下,我们住进了苏维埃饭店。这是一座号称三星级的饭店,坐落在美丽的涅瓦河畔,环境倒也十分幽雅。放下行李,吃过早餐,我们便迫不及待地走出饭店,希望尽快去看一看这个世界名城的自然风光。

圣彼得堡原名列宁格勒，是列宁的故乡，现在是俄罗斯第二大城市，坐落在波罗的海芬兰湾东岸。涅瓦河从市区缓缓流过。全城分布在几百个岛屿上，号称北欧的威尼斯。面积约为北京市的一倍，人口约600万。1703年彼得大帝在涅瓦河三角洲的兔子岛建立彼得保罗要塞，后扩建为城，为帝俄时代通海门户。在从1712年后200多年的时间里，圣彼得堡一直是俄罗斯的首都。十月革命后，1918年3月列宁决定把苏联首都迁往莫斯科，但圣彼得堡作为俄罗斯的工业、科学和文化中心，始终占有着重要的位置，尤其是在历史上，这里曾留下无数名人志士的足迹：罗蒙诺索夫、门捷列夫、巴甫洛夫在圣彼得堡科学院取得的杰出成就为举世所公认；普希金、果戈理、莱蒙托夫在这里写下了不朽的篇章；柴可夫斯基、格林卡以其音乐艺术的魅力征服了世界；芭蕾舞《天鹅湖》《吉赛尔》等经典从这里风靡全球。作为革命的摇篮，这里曾爆发十二月党人起义、第一次俄国革命、二月资产阶级民主革命。特别是1917年10月，停泊在涅瓦河上的"阿芙乐尔"号巡洋舰炮轰冬宫，揭开了十月革命的序幕。伟大的卫国战争年代，列宁格勒人民宁死不屈，同德国法西斯展开了900天如火如荼的斗争，有47万苏联军民英勇牺牲。直到今天，人们只要一看到那高耸入云的列宁格勒保卫战纪念碑，仍会情不自禁地唱起伟大作曲家肖斯塔科维奇创作的那首不朽的《第七交响乐》……

7月18日，我们是冒着濛濛细雨来拜访这座英雄城市的。为了更清楚地看到市容，大家一致同意不坐地铁，而改乘电车。坐电车的俄国人不多，有许多电车空驶。一踏上电车才突然发现，几乎所有座位都被雨水淋湿了。抬头一看，灯管的玻璃罩里灌满了雨水，车顶雨水如注。我们只好在车厢里打开雨伞，这确是圣彼得堡独特的一景。

涅瓦河大街久负盛名，但是道路年久失修，欧式建筑古色古香，很少看到现代化的高层大楼。商店里顾客不多，商品还算丰富，但大都是进口的，俄国货很少。商品价格奇贵，尤其是水果、蔬菜贵得令人咋舌。在路边我们顺便问了问卖菜的"大嫂"，半公斤土豆6个卢布（合人民币8元），半公斤黄瓜6卢布，半公斤西红柿竟高达60卢布。至于要在我们住的饭店吃饭，一顿西餐就需要50美元。在圣彼得堡科学中心我们询问俄科技人员的平均工资，据说每月600～800卢布。俄科学院的一位局长告诉我们，这几年俄罗斯人民的生活水平下降了很多，许多研究所发不出工资，搞得所长整天愁眉不展。许多工厂倒

闭，工人大批失业，罢工、游行时有发生。在莫斯科、新西伯利亚城，我们亲眼看到过浩浩荡荡的游行队伍，有的甚至喊出了弹劾总统的口号。更使人吃惊的是，一些军队将领佩戴着勋章，带领着众多士兵也走上了街头游行示威，要求提高军人待遇。

据新闻媒介报道，俄1999年国内生产总值可能比1998年下降1%，1～5月居民实际收入比上一年同期下降7.9%，生活在贫困线以下的人口有3350万。俄内外债总和约2000亿美元，相当于全国生产总值的44%，财政收入比计划少1/3；46.8%的企业亏损。由于国库空虚，债台高筑，入不敷出，已引起人民群众的强烈不满。看来，今后一段时间，俄社会仍然动荡，政局不稳，俄政府将面临一个困难的冬季。

在圣彼得堡，我专程前往参观了停泊在涅瓦河上的"阿芙乐尔号"巡洋舰。1917年11月7日(俄历10月25日)上午10时，列宁以革命军事委员会的名义，起草《告俄国公民书》，在"阿芙乐尔号"上向全国广播，接着巡洋舰轰击冬宫的炮声，宣告了十月革命的开始，揭开了人类历史新的一页。如今，涅瓦河的涛声依旧，"阿芙乐尔号"静静地停靠在河畔沉默不语。我伫立河畔，倾听着涅瓦河如泣如诉的涛声，耳边轻轻回响起一首苏联歌曲："我们经历的岁月，后辈不会遗忘。我们献出的一切，拯救祖国危亡；愿我们的莫斯科永远美丽，愿我们的莫斯科永放光芒。"

凝望着滔滔奔流的涅瓦河，一支支激昂高亢的歌在我心头久久地、久久地回响……

圣彼得堡散记

圣彼得堡是一座风光秀丽的水城，被称为"北方的威尼斯"，著名诗人普希金赞美它为"欧洲之窗"。来自世界各地的游客都异口同声地说："到俄罗斯，不去圣彼得堡，就等于没有去过俄罗斯！"一个城市受到如此赞誉，它究竟美在何处，我真是有些迫不及待、望眼欲穿了。这一天终于来临。当我乘上莫斯科至圣彼得堡的直达快车，越过伏尔加河，进入茫茫林海，向着波罗的海方向进发时，我的心伴随着铿锵的车轮声在怦怦地跳动着。望着窗外一闪而过的树影，我的思绪飞向了那遥远的年代……

记得在中学的课堂上，老师曾经说过，列宁格勒，过去叫圣彼得堡和彼得格勒。从1712年到1917年，它一直是沙皇俄国的政治和文化中心。200多年来，无数仁人志士和革命者，为反对沙皇的残酷统治，前赴后继，英勇斗争，在历史上写下了动人的篇章。十月革命胜利后，列宁将首都从这里迁往莫斯科，1924年列宁去世后，为了永远纪念列宁，苏维埃政府下令将这座列宁生活、工作、战斗过的城市改名为列宁格勒。震撼世界的十月革命就是从这里开始的，当"阿芙乐尔号"巡洋舰的炮声响彻在冬宫夜空时，人们透过黎明的曙光，看到了一个新世界的诞生。新生的苏维埃政权，遭受到帝国主义三次联合进攻，敌人最终都以失败而告终。特别是在1941～1945年的卫国战争中，列宁格勒被德军围困了900天，约有11万枚燃烧弹和炸弹落在这座英雄的城市。弹尽粮绝，人们被迫以树皮为生，全城300万居民，仅1941年、1942年间一个冬天，就饿死了63万多人，许多家庭没有留下一个人。然而，列宁格勒人民凭借着封冻的拉加多湖上那条传奇的"生命之路"，冒着法西斯德军强大的炮火，将粮食和弹药运进城里，终于在1943年1月12日凌晨，开始对德军展开5个昼夜的殊死决战。苏军2000门大炮一齐轰鸣，愤怒的列宁格勒人拿起刀枪棍棒，冲向敌阵，厮杀声、炮火声震天动地，刀光火影，血流成河，将希特勒的嚣张气焰扫荡殆尽。1月18日，当人们从收音机里听到"封锁突破了！""列宁格勒解围了"的喜讯，大家奔走相告，热泪盈眶，击掌相庆，整个城市一片欢腾。从此，列宁格勒作为一座英雄的城市载入史册，全世界人民都投来钦羡的目光……

怀着深深的敬仰之情，我来到了圣彼得堡。我下榻的俄罗斯苏维埃饭店就坐落在涅瓦河畔。翻开地图册，我才知道，这个面积660平方公里的城市，坐落在42个岛屿上，东扼涅瓦河口，西濒波罗的海芬兰湾。86条河流组成密密麻麻的水网，水面约占城市面积的1/10。各种风格的桥梁就有400多座，涅瓦河主河道上横跨着20多座吊桥。推开窗户，只见濛濛细雨，如烟雾笼罩着重重楼影、绿树、河流，显得那样静谧而幽远。于是，我迫不及待地撑起一把雨伞，冲出房间，走向涅瓦河畔。在矗立着彼得大帝巨型塑像的桥头，我不由得停下脚步。这的确是一座令人震撼的雕塑：彼得大帝雄姿英发，执枪跨马，目光凝重而深远，紫铜色的盔甲闪闪发光，骏马四蹄腾空，仿佛正在风驰电掣般越过涅瓦河，奔向远方。是的，正是这个气度非凡的彼得大帝，风华正茂时便发动了北方战争、土耳其战争，以迅雷不及掩耳之势，席卷欧洲，将沙俄帝国的疆土扩展到北欧、南欧；还是这个彼得大帝，在不断推行对外扩张政策的同时，搜刮民脂民膏，暴敛财税，不惜一切代价，在涅瓦河口的兔子岛上修建了第一座彼得保

罗城堡，接着又构筑了这座"与其第一代帝王身份相称"的京城和令人眼花缭乱的教堂和宫殿。著名的冬宫、夏宫就是他敕令修建的。如今，彼得大帝已长眠于涅瓦河畔，但劳动人民用生命和鲜血构筑的建筑艺术精品，依然衬托着波光云影，在人类灿烂的历史文化长河中放射着耀眼的光芒。

人民是不朽的。在这片充满文化底蕴的迷人的土地上，曾经涌现了普希金、果戈理、柴可夫斯基、巴甫洛夫、莱蒙托夫、格林卡等一大批文学艺术、音乐舞蹈和科学文化巨匠。至今还被人们称之为舞蹈中的经典芭蕾"天鹅湖"，也是从这里走向欧洲而风靡全世界的。只要人们一提起这些名字，便会由衷地肃然起敬。他们用诗，用歌，用画，为人们展示了艺术的魅力和科学的神奇。是的，人们在赞美夏宫、冬宫"是俄罗斯的凡尔赛"的时候，有谁不会赞美这些大师们也在用智慧和灵感，用辛勤的劳动和创造，为人类构筑了足以令世人嗟叹的另一座艺术、科学的大厦！凝望着滔滔奔流的涅瓦河水和河面上远去的点点帆影、重重灯火，我久久地陷入了沉思。

此后两天，当我匆匆游览了冬宫、夏宫、"阿芙乐尔号"巡洋舰和胜利广场后，似乎才真正找到了答案。冬宫的艺术珍藏闻名遐迩。气势宏伟的巴洛克式建筑共分三层，1000多个厅室金碧辉煌，各具特色。这里珍藏着世界各民族和各个时代的艺术珍品300万件，包括绘画、雕塑、素描、油画、器皿、工艺品、图书、文物等。其中有达·芬奇、拉斐尔、米开朗基罗、提香、凡·高的绘画和雕塑原件。最使人吃惊的是在东方民族文化展厅里，我看到了从埃及、巴比伦、印度、波斯、土耳其、中国和其他东方国家掠夺来的珍贵文物，其中还包括200多件中国殷商时代的甲骨文及甘肃敦煌壁画等；夏宫，距圣彼得堡30公里，在原始森林的环抱之中坐落在芬兰湾南岸。夏宫全宫包括大宫殿、下花园、玛尔丽宫、奇珍阁、亚历山大花园以及茅舍宫。在华丽的宫殿前，有近200个形态不同的喷泉，37座金色塑像和150个小型雕塑，形态各异，在千百道喷泉水柱的映照下，彩虹飞挂，十分壮观。尤其是大力士参孙和雄狮在中央水池搏斗的雕像，更是栩栩如生，动人心魄。只见力士掰开狮子的巨口，一股几十米的水柱冲天而起，飞珠洒玉，令人浮想联翩。整个夏宫占地800公顷，与森林、大海、教堂浑然融为一体，映衬着蓝天白云，身临其中，恍如仙境一般，让人流连忘返。

在人民营造的豪华宫殿里，沙皇及其贵族们过着骄奢淫逸的生活。当1917

年11月8日（俄历10月26日）凌晨2时10分，俄罗斯人民的士兵在"阿芙乐尔号"炮声的鼓舞下冲进冬宫，宣告资产阶级政权彻底垮台时，沙皇当年饕餮民血的小餐厅壁炉上的台钟指针终于停在2时10分。人民终于有权向全世界庄严宣告："我们要做天下的主人！"啊，圣彼得堡，你这座英雄的城市，是你开创了世界历史上一个新的时代，让历代沙皇盘踞的宫殿重新回到了人民的手中。此后，在历时900天的列宁格勒保卫战中，你又以大无畏的英雄气概，为苏军彻底粉碎德国法西斯的猖狂进攻，立下了不可磨灭的历史功勋！

如今，当我走进胜利广场，不由得把脚步放得轻轻。我不能不惊叹设计师的绝妙构思和建筑者的精心建造。抬头望去，纪念碑高耸入云，犹如一根红色擎天大柱。碑前安放着一整块花岗石，两尊"胜利者"的雕像屹立石上。纪念碑后侧是直径20米的露天圆厅，以厚重的花岗岩环绕，象征着封锁。圆厅入口处被截断，形成一个断面，象征粉碎封锁。圆厅内由6个人的群雕组成的《挽歌》，更是撼人心弦。一位母亲悲怆地抱着死去的孩子，目光中燃烧着愤怒的火焰，一位战士奋身去抢救一位将要饿死的妇女。当瞻仰者缓步进入圆厅，在悲壮舒缓的音乐声中，便会想起那血与火的年代。抚今追昔，当思今天的幸福生活来之不易。走进地下入口，便是长长的走廊，墙壁上用弹壳状的灯连成一线，象征着被封锁900天。长明灯昼夜不熄。在纪念堂大厅巨大的墙壁上，镌刻着列宁格勒保卫战苏联英雄们的名字。走出大厅，当我凝望着广场两侧由34个巨型人像组成的10组群雕，仿佛又听到由英雄人民那愤怒的呐喊、"阿芙乐尔号"的炮声和涅瓦河的涛声汇成的最雄壮的交响乐，在这片血染的土地上久久地回荡着……

怀着深深的眷恋，我离开了圣彼得堡。那天晚上，我伏在东去列车的窗口，回想起几天的所见所闻，美丽的与忧伤的一齐袭上心头。痛苦的过去已经十分久远，幸福的未来仍在前方召唤。望着如豆的灯光从窗前闪过，我不禁轻轻哼起俄罗斯那首《动荡的青年时代之歌》：

> 我们有个平凡的愿望
> 它时刻燃烧在心上
> 这是我们终生的理想
> 让祖国繁荣富强

道路永远没有尽头
风雪将不停喧嚣
准备继续赢得光荣
走向崇高目标

看　风雪茫茫
天空闪耀星光
我的心向我召唤
奔向动荡的远方……

并非荒凉的、寒冷的……

新西伯利亚城，是我们这次访俄的最后一站，也是我们进行科学考察的重点城市，在那里我们停留了差不多一周时间。

中国与西伯利亚似乎有着一种特殊的关系。就像人与人一样，一提起他的名字，就有一种亲密感，这大概就是缘分吧。的确，中国与西伯利亚有着特殊的历史因缘。尽人皆知的苏武牧羊的故事，就在两国人民中间久远地流传着。在贝加尔湖畔，苏武度过了19年漫长的岁月，餐风宿露，写就了脍炙人口的千古绝唱；成吉思汗西征，也是穿过这片辽阔的土地，有多少将士曾在这里血洒疆场；从1547年起，沙皇向东扩张，从19世纪50年代开始，以武力强迫清廷签订了《天津条约》《北京条约》《伊犁条约》《瑷珲条约》等一系列不平等条约，割去了中国150万平方公里的土地，有很多都分布在西伯利亚地区。由于中国与俄罗斯西伯利亚有漫长的边界，鸡犬之声相闻，两国人民有着密切交往的悠久历史，探亲访友、经商通婚，来往人员络绎不绝。西伯利亚属于典型的大陆性气候，这里的冷暖阴晴，对中国大陆有着非常直接的影响。在中国，只要气象预报一提到西伯利亚的寒流来了，人们就要立即做好迎接它的各种准备。总之，西伯利亚在中国人的心中打下的烙印，的确是太深太深了。

新西伯利亚，还是列宁等无数无产阶级革命家被流放的地方。1897年，列宁被沙皇政府判处流放新西伯利亚，在叶尼塞河畔的舒申斯科耶村，度过了3年的流放生活。他曾在给妹妹的信中这样描写："村子很大，几条街都很脏，尘土很多。它坐落在草原上，没有果木，可以说是一片不毛之地。"列宁住在一间14平方米的小房子里，在处境十分艰难的情况下，撰写了300多篇（部）著作。他在西伯利亚所从事的革命活动，对俄国的革命运动和马克思主义理论的发展，都产生了巨大而深远的影响。

新西伯利亚，还是俄罗斯西伯利亚科学分院和新西伯利亚科学中心所在地，管辖100个左右的研究所、观测站和9个科学中心，管辖面积达900万平方公里，有5万多科技人员，其中具有高级职称的1万多人，博士1400名，副博士5000名，俄科学院院士63名，通讯院士67名，科研实力雄厚，在俄科技发展中举足轻重。1957年建院以来，涌现了许多成就卓著的在国际上有很高声望的优秀科学家，在许多科研领域都居于世界领先地位。

大概是上述这样一些原因吧，我急切地希望访问新西伯利亚。

7月23日晚11点，我们乘坐的俄罗斯航空公司的班机自莫斯科1号机场起飞。起飞前，俄机场管理人员发现将另一架飞机上的30多个木箱错装在我们乘坐的飞机上，只好卸下来运走，因此延误了半个小时。当飞机呼啸着冲上夜空，我再一次俯瞰莫斯科的万家灯火时，心头涌起一股淡淡的依恋之情：再见了，莫斯科，我还有机会再来吗？

天边的晚霞铺成了一匹长长的锦缎，渐渐地又被染成了一片火红。飞机东去，左舷窗外的天空慢慢地黑了下来，尚余一道白光，似乎仍在与黑夜抗争。我刚刚闭上眼睛想休息片刻，漂亮的空嫂推着餐车出现在我的身边。她身材高大，体态丰健，脸颊红红的，眼圈蓝蓝的，笑容可掬。看上去大概40岁左右的年纪，有一种中年妇女特有的成熟美。由于饥肠辘辘，此时已来不及对空嫂细细打量，便端起饭菜只顾狼吞虎咽地吃起来。饭菜是十分精美丰盛的，尤其是沙丁鱼烧得细嫩可口，有滋有味。加上来俄罗斯后饮食不惯，常以方便面、饼干充饥，肠胃一直不好，这顿美餐令人心满意足，乐此而不言其他了。

刚刚吃过夜餐，只见窗外泛起一片白光，忽儿像白绸飘舞，忽儿像白云悠悠，似雪山连绵，如海浪翻卷，忽明忽暗，忽浓忽淡，在乌云的簇拥下犹如群山之巅一朵巨大的盛开的雪莲。如此壮观奇丽，如此变幻莫测，这是我从来没有看到过的恢宏天象。啊，北极光，一定是北极光！如果不是在一万米高空的飞机上，我一定会跳起来大声呼喊的。然而转脸看一看周围的乘客，都在酣睡之中，也就只好独饱眼福了。此时正是半夜1点多钟，由于是在高纬度地区飞行，天空已渐渐明亮起来，它使人想起陀思妥耶夫斯基在《白夜》里描写过的

景象。硕大的北极星眨眼之间便跳上了天空，白里透红，如一团火焰在云层上游动，仿佛正向飞机飘来，我的心一下紧缩起来，担心是不是飞碟向夜航机突然袭击啊。渐渐地，东方泛起了朝霞，窗舷下又是万家灯火，山川、树林、农田、楼舍已历历在目，在薄薄的晨雾中我们的座机平稳地降落在新西伯利亚机场。

新西伯利亚科学院外事局一位50多岁的老太太前来接机。这是一位很有风度、总是满脸挂着笑容的女士，对中国客人非常热情友好。为了接机，她夜里2点多就起床了，从机场到科学院汽车要跑1个小时。沿路她不停地向我们介绍新西伯利亚的风土人情，使人倍感亲切。透过车窗，只见林木葱翠，绿草茵茵，一望无垠的小麦刚刚抽穗，清凉的晨风扑面而来，散发着淡淡的野草的清香。汽车沿着环城公路驶过城区，只见高楼林立，道路纵横，花园遍处，绿树成荫，一派现代都市的景象。作为新西伯利亚的首府，它已拥有200多万人口，是俄罗斯第三大城市。闻名遐迩的科学城坐落在城东南30余公里的鄂毕河畔，被称为森林中的城市。汽车越过城市入口处的跨河栈桥，一幅醒目的大标语牌上写着俄国杰出科学家罗蒙诺索夫的一句名言："俄罗斯的国力将因新西伯利亚而增强。"穿过鄂毕河大堤，汽车便驶入茫茫的原始森林之中，幢幢高楼、店舍掩映其中，如果不是事先有所了解，一定会认为进入了巨大的原始森林公园。科学城有三条大街，大街小巷两边都是自然生长的树林绿草，漫步街头，凉风习习，鸟声啾啾，蝴蝶款款，令人心旷神怡。偶尔还会有小松鼠跳到身边，举起前肢，瞪大眼睛，向路人乞讨果实。当我们的汽车戛然停在漂亮的科学城宾馆门前时，我真是难以相信，这就是西伯利亚，这就是大多数中国人印象中荒凉、寒冷、贫穷的西伯利亚。

星期天，西伯利亚分院外事局长瓦西里先生带领我们去游览市容。站在红色大街上，只见楼群高耸，绿树成行，宽阔整洁的列宁广场矗立着列宁的巨大雕像，后面是在俄罗斯都颇负盛名的芭蕾舞剧院。巍峨雄伟的列宁大厦是列宁去世那一天，新西伯利亚市民自发捐款修建的。大街两边，剧院、文化宫、商店、学校、机关，规划得井井有序，风格各异。站在城市中心的街头上，从任何一个角度望去，都是一幅极具特色的现代化城市画卷。瓦西里先生告诉我，从十月革命以后，苏维埃政府就重视西伯利亚的开发，现在这座城市已成为俄罗斯重工业、轻工业、文化、交通的中心。

西伯利亚有着丰富的矿产资源，总储量占俄全国储量的70%，有大量的金、金刚石矿产，煤炭、石油和天然气的储量约占全世界的1/3。其中煤炭、石油和天然气的储量分别占全世界的1/2、1/4和1/3。西伯利亚的木材储量为600亿立方米，森林面积占全俄罗斯的80%，仅贝加尔湖的淡水储量就占全世界淡水湖的20%，水利资源极其丰富。

在为我们举行的招待会上，俄研究所的一位所长深有感触地说："如果俄罗斯有邓小平那样伟大的人物的话，俄罗斯很快就会富起来。中国了不起，中国的改革是成功的，俄国要想富起来，就必须走中国改革的道路。"

当我踏上返回北京的飞机，回想起半个月俄罗斯之行的所见所闻，对照我国20年改革以来所发生的巨大变化，俄罗斯朋友那一段肺腑之言，一直回荡在我的耳边……

美丽的与忧伤的

圣彼得堡是美丽的。独特的自然风光和灿烂的文化艺术闻名遐迩。当我漫步在芬兰湾波罗的海岸边，呼吸着白桦林散发的清新空气，任凉爽的海风拂动我的思绪，使人有一种说不出的满足和陶醉。那巍峨壮丽、气势雄伟的冬宫，那色彩斑斓、绿树环绕的农舍，那宽广繁华的大街，那蜿蜒曲折的乡间小路，时时都在我的眼前闪现。而这些，过去我只能在普希金、果戈理、托尔斯泰的文学作品里才能看到。如今，当伏尔加河运载着木材的船舶从身边滑过，当一望无际的白桦林里飘来三套马车清脆的铃声，我才真正领略了俄罗斯的美丽和

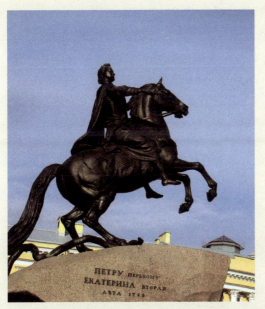

魅力。在回莫斯科的火车上，我总觉得站在窗前尽情地浏览俄罗斯美丽的风光是一种极大的享受。窗外的天空是碧蓝碧蓝的，把白云衬托得格外洁白，晨雾贴着地面缓缓上升，如同袅袅升起的轻烟、轻轻扯动的纱幔，农夫在刈草，白桦林在歌唱，小河在流淌，小路在延伸。如诗如画、如梦如歌，怎能不令人心醉，怎能不叫人神往。

莫斯科是美丽的。它坐落在奥卡河和伏尔加河之间，依山傍水，

有富丽堂皇、气势恢宏的宫殿、教堂，还有建筑奇特、气势轩昂的大厦、城堡，整个城市都在森林的环抱之中。大大小小的公园、花园，纵横交错的大街小巷，各式各样的雕塑，繁忙发达的地铁，整洁干净的城市，可以说在世界所有大城市中，都是堪称一流的。那天，当我乘着游艇沿着莫斯科河观赏沿途风光时，我真是惊叹俄罗斯人民的勤劳、智慧和创造力。河边文化公园绵亘十几公里，岸边的山坡上林木郁郁葱葱，各色建筑拔地而起。花坛、喷泉、雕塑、影院、剧场、沙滩、乐园，被宽广的林荫大道串在一起，青山、绿水、白云、红楼交相辉映，构成一幅精美绝伦的油画。尤其是遍布全城的各具特色的教堂钟楼，有的金碧辉煌，有的五彩缤纷，圆锥形的塔尖直插云霄，在阳光的照耀下发出迷人的光芒。难怪法国作曲家当年来到这里曾惊奇地赞叹："真是奇迹中的奇迹"。

俄罗斯人有着很高的文化素质，很讲文明道德。无论是在圣彼得堡、莫斯科，还是在新西伯利亚城，人们都很自觉地维护城市环境卫生，遵守交通秩序，绝不随便吐痰，扔碎纸屑、烟头。所有的绿地、河流、湖泊、道路、公共场所都是干干净净的。在十字路口从未看到行人违章穿越马路，坐地铁、公交车都会有人主动给老人、小孩让座。在圣彼得堡我们曾观看了一场芭蕾舞演出。华丽庄重、舒适幽雅的演出大厅座无虚席，演出过程中剧场内鸦雀无声，一曲结束之后，观众总是报以热烈的掌声，绝无吹口哨、怪叫和嘘声。演出最后，演员多次谢幕，掌声长时间不断，总会有观众自发地去向演员献花。观看演出的人都穿着讲究，彬彬有礼，绝不在剧场中高谈阔论。

俄罗斯人酷爱看书。在地铁站里我每次都看到他们一边坐车，一边拿着书本，看书的人大约占一半以上。即使乘扶梯的时间也不愿浪费。俄罗斯地铁一般都很深，莫斯科地铁一共有四层，如同蛛网。从进站口乘扶梯，有时长达100多米，甚至需要十几分钟才能到达站台。所以，乘电梯捧着书本也成了地下一景。有较高的文化品位，一般说，就会有较高的道德修养，这大概是相辅相成的。

在莫斯科和圣彼得堡随处可以看到四处觅食的鸽子，马路边、庭院里，它们自由自在地飞翔、走动，从没有人惊扰，当然更不会捕捉，还经常会有人给它们投放一些食物。俄罗斯人有很强的保护自然、保护动物的意识。

有一次我们有位同志上街迷了路，又不会讲俄语，向一位俄国中年男子问

路，他用手比划了半天，这位同志还是不明白。于是，这位俄罗斯人索性亲自带领他走了几道街区，直到这位中国同志认清了方向，才放心地离去。

的确，俄罗斯不仅风光是迷人的，俄罗斯人的心灵也是很美的。

在新西伯利亚鄂毕河畔，我们曾遇到这样一件事。那天，我们在湖边散步，看到湖面上游动着很多鱼，既无人垂钓，也无人捕捞。于是有人便耐不住诱惑跳了进去，用木棍轻而易举地就把鱼打晕，一抓就是一条，不一会儿就抓了十几条，大都在500克重左右。就在这时，一位俄罗斯朋友带着他的妻子和孩子走过来，非常诚恳地对我们说："这湖中的鱼是不能吃的，因为有寄生虫，吃了容易生病。"本来我们打算回去烧一锅鱼汤，听他一说，自然就不敢贪嘴了。

湖边是一望无际的原始森林，傍晚时分，常会有一些年轻人在湖边燃起篝火，一边烧烤野味，一边唱歌跳舞，确也十分惬意。我们正在谈论捕鱼而不得食，实在令人扫兴时，忽然树林那边跑过来一个小伙子，热情邀我们十几个中国人去参加他们的聚会。盛情难却，穿过柔软的沙滩，我们来到了林边。原来今天是他24岁生日，他和几位朋友带着伏特加酒、矿泉水、牛羊肉、水果来这里举行野餐庆祝会。小伙子弹一手漂亮的吉他，当他知道我们都不会弹时，便自弹自唱了一首凄婉忧伤的歌。歌词的大意是："我的父亲在阿富汗战场牺牲，永远地埋葬在那里；我的母亲远嫁他乡，她已经把我抛弃；我只身一人来到新西伯利亚，在这里庆祝24岁生日；感谢这么多亲爱的朋友，同我欢聚在一起……"唱着唱着，他的嗓音有些哽噎，眼睛里饱含着泪水。他实在有些唱不下去了，我们便不约而同地为他唱了一支《祝你生日快乐》，才算慢慢地解除了他心中的忧伤。小伙子还为我们一一敬酒，执意留我们尝一尝他的烤肉，很晚很晚我们才依依惜别。

那天晚上我回到宾馆，翻来覆去睡不着觉。回想起半个月来所见所闻，美丽的与忧伤的一齐袭上心头。在十月广场，一位俄罗斯老人看到我在列宁雕像前留影，便主动走过来伸出大拇指，悄悄地对我说："列宁，哈啦绍（好）！"在地铁站口，在大街上，却经常看到抱着婴儿的少妇或衣衫褴褛的老人伸手行乞，有几次坐地铁，在车厢就遇到残废军人挂着双拐、坐着轮椅乞求施舍。

以列宁的名字命名的城市、街道、纪念场所在逐渐消失，据说，要不了多久，列宁的遗体也要火化，将骨灰安葬在圣彼得堡。列宁所亲自缔造的苏维埃社会主义共和国联盟已不复存在，俄罗斯——这个曾经使西方刮目相看的强盛而伟大的国家，如今却债台高筑，陷入经济极端困难的境地，这一切又使人深感忧伤。记得那一天冒雨瞻仰列宁遗容时，只见一队老布尔什维克打着红旗，簇拥着呼喊着要见列宁，我的心中也在暗暗流泪……

啊，伟大的俄罗斯，美丽的俄罗斯，令人忧伤的俄罗斯呀……

莫斯科人心中的骄傲

在莫斯科，最方便、最快捷、最受欢迎的市内公共交通工具恐怕要算是地铁了。10条不同方向的线路和一条环形线，在平面图上恰似一面张开的蜘蛛网，连接着莫斯科1000平方公里面积的每一个角落。地面上几乎所有的重要建筑物和公共场所都设有地铁站。而且，每一个站台都有宽广整洁的大厅，装饰得富丽堂皇，犹如地下宫殿。地铁共分四层，深入地下100多米。由电脑控制的自动电梯分成3组，将上下地铁的旅客源源不断地送进送出。地铁列车每半分钟就有一辆通过站台，前面的一辆刚刚开出，一眨眼工夫，后面的一辆就跟了进来。所以，尽管旅客流量很大，但完全没有拥挤堵塞现象。人们可以轻轻松松地乘坐你想要乘坐的任何一辆列车，大都可以坐上座位。如果有时间，还可以尽情欣赏一下站台墙壁上的栩栩如生的壁画、形态各异的雕塑，每一个站台都具有不同的建筑设计风格，向人们展示俄罗斯的历史、文化、艺术、自然风光、神话故事、风土人情。在柔和灯光的照射下，一切都显得迷人而神奇。使人感到奇怪的是，无论是乘坐电梯，还是在站台等车，即使坐进车厢，几乎听不到人声嘈杂，除了机轮有节奏的声响外，一切都是静悄悄的。在公共场所，俄罗斯人没有高谈阔论的习惯，不少人总是捧着书本目不转睛地寻觅着知识的宝藏。

地铁，的确是莫斯科人的骄傲，它不仅站台繁多，线路四通八达，而且票价低，乘坐方便。在俄罗斯，凡是给大众提供服务的文化娱乐、交通设施，一般价格都比较便宜。几十年中，地铁的票价并没有因为物价飞涨而上涨很多。

　　现在，只需要2个卢布，你就可以到达莫斯科任何地方。"地铁票"是铜质或塑料硬币，只要把硬币投进自动检票口，交叉臂手便自动打开放行，否则，就别怪它铁面无情。当年，修建地铁的总指挥卡冈诺维奇在地铁通车时讲过一段话，他说："我们的地铁是普通人的交通工具，它不仅应该是最方便的，而且还应该是最美丽的，和艺术上首屈一指的。我们修建地铁不是为了利润，而是为了让莫斯科人受益和得到方便。"他说的确是真话，莫斯科人的生活离不开地铁，地铁为莫斯科人提供了巨大的方便。

　　在中国有一句俗话："喝水不忘挖井人。"在俄罗斯，只要提起地铁，就不能不记住斯大林、卡冈诺维奇、赫鲁晓夫、休谢夫这几个人的名字。那是革命加拼命的年代，苏维埃政权成立不久，百废待兴。在财力十分紧张的情况下，斯大林还是决定要修建能体现社会主义优越性和高速度的地铁工程！他把任务交给当时的莫斯科市委第一书记、苏联交通人民委员卡冈诺维奇。卡冈诺维奇请来列宁墓的设计者、建筑学家休谢夫，要求他在最短的时间内拿出设计图纸，而且必须是最好的，最漂亮的，世界超一流的。同时，他还请来赫鲁晓夫担任莫斯科地铁工程总指挥。就这样，从1929年动工修建，投入10万大军，经过6年，克服了难以想象的艰难困苦，在1935年5月15日，全长11.6公里的第一条地铁线路顺利通车，卡冈诺维奇因此而荣获一枚有金色绶带的列宁勋章。几十年中，莫斯科人经历了卫国战争、高速工业化建设不同历史时期，地铁的建设从未停止过。据说，斯大林在莫斯科保卫战中，曾把战时指挥部设在地层深处。他曾经设想，必要时，把莫斯科全体军民一起转入地下，起码可以坚持几个月的对敌斗争。

历史人物的功过是非，自然由历史去作出公正评价。斯大林、卡冈诺维奇、赫鲁晓夫都曾经因不同的原因遭到人们的抨击，甚至引起争议，但是从来没有人因为修建地铁来抨击斯大林和他的助手们。相反，只要提到斯大林修地铁，提到莫斯科地铁在世界上堪称超一流的口碑，莫斯科人的脸上总是流露出无比骄傲与自豪的神情。看来，只要你为人民做了一件好事，人民的心中总会给你留下应有的位置。

莫斯科的地铁在不停地运转着，穿过时代的隧道，它将把人们带向更加光明幸福的未来……

海外游踪

浓雾散去看伦敦

　　我乘坐的波音737宽体客机于黄昏时分飞临伦敦上空。透过机窗，俯瞰茫茫云海，堆金砌玉般闪耀着绚丽的光彩。夕阳射出万道金光，像似挥舞着巨大的画笔，在蓝天白云间涂抹挥洒。飞机缓缓下降，云团滚滚翻卷，山川、农舍、树林、道路渐渐映入眼帘，风光秀丽的伦敦已近在眼底。由于希思罗机场起降的飞机太多，跑道繁忙，调度室命令我们这次航班推迟20分钟落地，使我们有机会环绕伦敦上空尽情欣赏古都风貌。虽是夕阳西下时分，伦敦的天空依然清澈明亮，纵横交错的街道车水马龙，川流不息。青山碧树、楼群花园历历在目，蜿蜒曲折的泰晤士河游船如织，船桨掀起的波浪闪耀着迷人的色彩。河两岸高耸着造型雄伟壮丽的哥特式建筑楼群，西敏寺大教堂的塔尖直插云霄，甚至连皇家公园里的古柏苍松、果圃草坪也依稀可见。如果不是亲眼所见，我真不敢相信，昔日被称为世界雾都的伦敦，今天竟烟消雾散、碧空如洗，焕发出如此夺目诱人的光彩！

据文字记载，30多年前，黄褐色的浓雾笼罩在伦敦上空，经久不散，即使白天室内开灯，汽车也要打开雾灯，雄伟的教堂、高耸的楼群也只能看到轮廓。冬天，皑皑白雪上落满了黑色尘埃。1952年，一场"黄雾"使伦敦交通瘫痪达4天之久，有4000多人因感染呼吸道疾病而导致死亡。究其原因，主要是城里工厂林立，浓烟弥漫，造成了严重的空气污染。为了彻底解决这个问题，1956年英国政府开始制定有关法律，1957年通过了《空气洁净法》，1990年又公布了环境白皮书《共同遗产》，限制在市区使用石油、煤炭，勒令所有工厂必须拆除烟囱。此外，为了减少垃圾对环境的污染，加强了废物的回收利用，并投入巨资治理泰晤士河，限制在市区使用含铅汽油，尾气超标汽车禁止上路，大力开展植树造林，健全野生动物保护体系，在全国建立了面积达数十万公顷的300多个国家自然保护区及400多个地方自然保护区，这些措施取得了明显效果。就拿泰晤士河来说吧，过去水质恶化，鱼类绝迹，病菌滋生，恶臭随风飘扬，临河的房间常常不得不挂上喷洒过药水的窗帘。如今，已有100多种鱼类重返泰晤士河，人们在河上泛舟、钓鱼、游览，碧波倒影，明洁如镜，一派生机勃勃的景象。

我们下榻的宾馆前，有一座面积不大的甘地公园（这样的公园在伦敦遍地皆是），园内树木参天，绿草茵茵。有一天早晨，我去公园散步，就看到两只小松鼠在树林中跳来跳去，十分可爱。至于伦敦街头，到处都可以看到鸽子飞来飞去，有时还主动落在行人脚边索要食物，人与动物和平相处，已经成为很好的朋友。

伦敦在环境治理方面的巨大变化，的确值得我们借鉴。我常常思考这样一个问题，人们千方百计创造物质财富的目的是什么，难道还不是为了提高人类的生活质量，为后代造福吗？如果一方面创造了巨大的物质财富，另一方面破坏了人类生存的良好环境，财富再多又

有什么意义！因此，我也常常为我国的环境污染问题深感忧虑。就拿北京来说吧，一年四季，烟雾弥漫，空气质量达到一级的天数屈指可数。还有一些大中城市，如兰州、沈阳、天津、武汉、重庆、成都，等等，空气污染已达到相当严重的程度。黄河断流、长江污浊，大大小小的湖泊干涸萎缩，良田荒漠化。1998年的特大水灾给人们敲响了警钟，如果我们再不痛下决心，采取切实有效的措施，治理和保护环境，总有一天，美好的家园将不复存在，那将会是多么可怕的景象！

想想看，如果没有碧波荡漾的西湖，苏州的小桥流水，哪里还有"上有天堂，下有苏杭"！如果没有漓江，哪里还有"情一样深啊梦一样美，如情似梦漓江水"？

当我们徜徉在河岸江边，"回颈山光接水光，凭栏十里菱荷香；清风明月无人管，并作南来一味凉"，那是一种多么令人惬意的体验和心境。

为了人类的明天，但愿"雾都伦敦"的悲剧不再重演。

瑰宝血痕

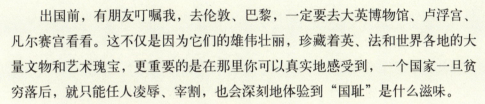

　　出国前，有朋友叮嘱我，去伦敦、巴黎，一定要去大英博物馆、卢浮宫、凡尔赛宫看看。这不仅是因为它们的雄伟壮丽，珍藏着英、法和世界各地的大量文物和艺术瑰宝，更重要的是在那里你可以真实地感受到，一个国家一旦贫穷落后，就只能任人凌辱、宰割，也会深刻地体验到"国耻"是什么滋味。

　　带着这样的叮嘱，我走进了这三座艺术宫殿。

　　大英博物馆总计藏书有400多万种，设有100多个陈列室，总面积近7万平方米。由于藏品太多，展示的文物还不足全部收藏的1/5。卢浮宫展厅面积达14万平方米，收藏的艺术珍品达40余万件。凡尔赛宫11万平方米，占地100万平方米，内部装修金碧辉煌，极其豪华。500多间大小厅室，布满了油画、雕塑和壁毯，厅室流金溢彩。这些范围广泛、品种繁多的珍贵文物，差不多都是在英法鼎盛时期从中东、非洲、波斯、埃及、希腊、罗马、印度、日本和中国运来的。少数属于正常收购、捐赠、考古发掘或野外采集，大部分都是以强凌弱，采用不正当手段、巧取豪夺据为己有的。尤其使我感到震惊的，在大英博物馆和卢浮宫的"东方艺术厅"里，有许多中国古代的稀世珍品，是在国内都无法见到的，如今都饱含着屈辱，沾满了血痕，静静地躺在异国他乡。凝视着这些珍贵文物，炮火硝烟从我眼前闪过，悲愤和耻辱凝聚心头，我的步履也变得沉重起来。据说，在英国其他一些博物馆中，也都有数量不等的中国文物，还有不少已流失在世界西方各国的博物馆里。英国图书馆的中国图书室就珍藏着6万多种手抄或印刷的文献书籍。包括45卷的《永乐大典》、公元868年印刷

的《金刚般若波罗蜜经》最早版本、历代宫廷档案、《敦煌进奏院状》的原件，以及大量的甲骨文、竹简、抄本、古书、报刊和地图等。在东方文物馆里，中国文物室有几座巨大的陈列厅，陈列着众多的稀世珍品。包括敦煌壁画、新石器时代的石器、仰韶彩陶、商周的青铜樽鼎、秦汉的漆器和铜镜、唐三彩和影青瓷器、元代青花及釉里红、明清嵌丝珐琅和金玉制品，中国历代货币、丝绸、雕刻、绘画和名家书稿，这些传世国宝，价值连城，每天吸引着来自世界各地的参观者，中国古老文化的辉煌璀璨，令观众赞叹不已，感慨万分。

在卢浮宫、在美国博物馆、在俄国的冬宫、在德国无忧宫，我都亲眼目睹了类似的展品，它们像一道道伤口，不停地流淌着炎黄子孙的鲜血，似乎永远也无法愈合。尤其使我感到愤慨的是，在我参观法国的凡尔赛宫时，我亲身体验了一个民族遭受列强欺辱的悲愤和痛楚。几乎是用纯金装饰的镜厅，是凡尔赛宫中最辉煌奢华的建筑，它长75米，宽10.5米，高12米，室内金光闪耀，透过17扇巨大的拱形窗遥望森林花园，波光云影，尽收眼底。镜廊的天花板上覆盖着颂扬路易十四国王政绩和战功的巨幅油画。就是在这座镜廊里，美、英、法、日等战胜国同德国签署了使中国蒙受耻辱的《凡尔赛和约》，作为战胜国同盟国的中国不但没有分享第一次世界大战的胜利成果，被列强占领的领土却再次被瓜分，于是在1919年爆发了震惊中外的"五四"运动，鲜血和眼泪又一次洒满了北京街头……

从1860年10月18日，法国远征军跑到北京火烧圆明园，直到新中国成立，100多年来，灾难深重的中华民族前赴后继，浴血抗争，写下的是光荣和耻辱，留下的是废墟和贫穷。此刻，站在镜厅的窗前，凝望着远方，我想起"华人与狗不准入内"的外滩，想起了广州三元里的炮台，想起了刘公岛甲午海战纪念塔，想起了圆明园的断壁残垣。当香港刚刚回归，澳门即将回到祖国母亲怀抱的时候，中国驻南斯拉夫大使馆又遭到北约的狂轰滥炸，旧的伤口没有愈合，新的伤口又在流血。睹景伤情，爱恨交加，心境久久难以平静下来。走出这三座艺术建筑宫殿，在我脑海里沉淀下来的更多的还是文化与艺术、战争与和平、政治与经济、历史与现实的哲学思考。

海外游踪

走进英国图书馆

　　伦敦英国图书馆藏书1.5亿多种，在英国首屈一指，也是全世界三大图书馆之一。这里不仅云集着来自英国各地的学者，还有许多来自世界各地的读者。可以说，它是许多著名人物成才的摇篮。

　　马克思曾是图书馆的常客。他在伦敦梅特兰路41号和格拉勿顿坊9号的简易寓所里居住了20年，经常步行四五英里来图书馆看书，查阅资料。巨大的圆形阅览室，共有400个座位，四周的环形书架上摆满了世界各国的古今名著和参考书。当时，图书馆从上午10点开门，晚上7点闭馆，马克思总是来得最早，走得最晚。他始终坐在M排第4号座位上博览群书，搜集资料。有时累了，他便站起来在房间踱步，日积月累，竟将脚下的木地板磨出一道深深的印痕。图书馆为他的《资本论》提供了丰富的素材。就是从这个座位、这道印痕，他的思想超越时间和空间，传遍世界的每个角落，至今还在鼓舞着全世界无产者和被压迫民族、被压迫人民进行着最后的斗争；恩格斯和列宁侨居伦敦时，也经常来这里借阅图书。列宁在著述《唯物主义还是经验批判主义》一书时，还专程从日内瓦赶赴伦敦，用了一个多月时间潜心研究，并收集了大量资料，中国民主革命的先驱孙中山先生蒙难伦敦脱险后，有相当长的一段时间都在这个图书馆里，刻苦钻研欧美各国的政治经济理论，探索救国之路。英国、中国和其他许多文学家、学者、音乐家都是借助于这里的藏书完成了他们不朽的著作。如中国的著名作家老舍，在英国伦敦大学任教时，经常来这里研读英国文学，对文学创作发生了兴趣，写出了处女作《老张的哲学》，从此走上文

坛，成为文学巨匠。

图书馆作为知识的宝库，对一个国家乃至世界的社会、经济、政治和文化发挥着无可估量的作用，也是一个人成才的老师和课堂。从某种意义上来讲，它对提高一个民族的科学文化素质，有着无可替代的重要价值。这两年，有机会赴欧洲一些国家考察访问，所到之处，我发现欧洲许多人都酷爱读书。在地铁、火车、公共汽车、飞机上或其他公共场所，手执一卷潜心研读的，大有人在。尤其是在俄罗斯，在乘坐地铁、电梯时，有不少年轻人借着昏暗的灯光看书，许多家庭以藏书多为荣，似乎这已经成了衡量这个家庭文化教养的重要标志。

学海无涯苦作舟，多读书，读好书，的确是一个人成才的重要途径。遗憾的是，我们现在还有些年轻人不太懂得读书的重要性。他们总是找出种种理由，什么工作太忙了，没有时间了，宁可花时间去泡舞厅、去玩游戏机，也不愿跑跑图书馆、逛逛书店。

"积财千万，无过读书"，这是北齐颜之推说过的一句古训；"书是全世界的营养品"，这是英国大作家莎士比亚的一句名言。活到老，干到老，学到老，让我们牢记先人的教诲，为了明天，为了成才，发奋读书吧！

世事随想

月 亮 情

对于地球来说，除了太阳，就数月亮与它的关系最亲密了。我有时候觉得，太阳、地球、月亮，好像是三个亲密的朋友，它们在茫茫太空中相依相伴，总是那样朝夕与共，相互辉映，用自己的光和热，造福于人类，滋润着万物生长。有时候又觉得，它们又像三个情人，地球追随着太阳，月亮围绕着地球，太阳给地球送来温暖，月亮为地球送来光明，是那样热情似火，温情脉脉，是那样忠诚执着，朝夕相伴，共同组成了美好的太阳系大家庭。就在这个大家庭里，每时每刻都在上演着光照千秋的戏剧，都在发生着千古流传的故事。

五千年的中国文化血脉，与太阳、地球和月亮息息相通，情景交融。中国最早的《诗经》里曾经这样讴歌人间真情："如月之恒，如日之升"。在洋洋大观的中国文学作品里，闪烁着多少日月光辉的鸿篇巨著，仅就诗歌一类，又有多少脍炙人口的名著佳句，诸如"东西生日月，昼夜如转珠"；"海上生明月，天涯共此时"；"长安一片月，万户捣衣声"；"人攀明月不可得，月行却与人相随"；"明月几时有？把酒问青天。不知天上宫阙，今夕是何年"；"月落乌啼霜满天，江枫渔火对愁眠"；"床前明月光，疑是地上霜，举头望明月，低头思故乡"，更是成为千古绝唱，世代流传了。这些情景交融的名篇佳句，既反映了人类对日月的迷恋热爱，也反映了人类对日月的神秘幻想。于是才有了"后羿射日""女娲补天""嫦娥奔月"种种神话故事。所以，当今现代人总是千方百计要把人类送上太空，踏上月球，甚至探索更远行星的秘密，就不足为怪了。人类总要不断地去开拓新的生活空间。

第一个把月亮看得比较清楚的人，要算是意大利的科学家伽利略了。他参照荷兰磨眼镜片的工人李普希制作放大镜的原理，做成了世界上第一架望远镜，并且用它观测到了月球上的环形山和平原"海"。现代科学已经验明，月球上既没有空气，也没有水，更没有生物，一片死寂。由于没有空气，阳光不会发生散射和折射，所以，太阳直照时，月球向阳的一面一片光明，背阳的一面则是一片漆黑。太阳垂直

照射时，向阳面温度高达127℃，背阴面低到零下183℃。不要说生物无法生存，连依靠空气传播的声音都寸步难行。尽管它是这样荒凉寂寞，人类探索月球秘密的热情却有增无减。月球上究竟都蕴藏着什么矿藏，人类有无可能到月球定居？为什么会发生日食月食现象，它对地球会产生什么影响？月球会不会衰老死亡，似乎还有很多未知数需要人类进行深入全面的研究。

也许正是出于这样的原因，作为地球人，我对月亮情有独钟。

遥望长空一轮明月，它像一面明镜，当黑夜笼罩着大地，高山、大海、森林、田野，一起对镜梳妆，准备迎接姗姗来临的黎明；它又像一颗圆圆的宝石，被五彩的流云轻轻缠绕着，放射出柔和迷人的光芒；它又像一扇天窗，似乎随时都在欢迎人们从那里飞向天外，去畅游观赏宇宙的美妙神奇。有时，它又像镰刀，穿行于蓝天白云、青山碧水之间，尽收人间春色。孩子们瞪大眼睛瞅着弯弯的月牙儿，天真地说："妈妈，快来看呀，月牙儿多像弯豆荚儿，那么多星星就是它蹦出来的小豆豆呢！"至于人们把月亮比做姑娘的面容、脸庞，比作天池、月宫，诸如此类的赞美之词，举不胜举，不一而足。然而，我

最倾慕的还是那柔媚深情的月光。

当流水般的月光从天空静静地倾泻下来，驱走了黑暗，送来了光明，天下万物谁不承受它的恩泽。它蹑手蹑脚地走进每一座庭院，每一扇窗口，慈母般亲吻着孩子的面颊，抚慰着离人的思念、游子的忧伤，用柔和洁白的手臂拥抱着热恋的情人、馨香的花朵，给世界播撒了多少柔情和挚爱。无论是满月，还是残月、新月，它都用银白色的月光浸染滋润着江河大地、芸芸众生。高山因它而巍峨壮丽，大河因它而流金溢彩，森林因它而青翠欲滴，田野因它而五彩缤纷。它把坦荡无私、光明公正的关爱之情，献给了每一片土地，每一条小溪，每一棵小草，每一片花瓣。即使脾气狂暴的大海，在风的淫威下掀起滔天巨浪时，月亮依然万般柔情地洒下盈盈清辉，用博大的胸怀包容着波涌浪翻，直至大海暴怒平息，以感激的热泪润湿了沙滩。

月亮和月光，对地球可以说是一往情深。它把太阳馈赠的光明毫无保留地惠赐给地球。为了这种执着的追求，纵然赴汤蹈火、翻山越岭、栉风沐雨、阴晴圆缺，依然昼夜兼程，闯过无数艰难险阻，风刀雪剑，最终实现了自己的圆满理想，把光耀云天的满腔豪情洒向人间。月亮不愧为无私无畏的斗士，不愧为播撒光明的使者。

就像月亮钟情于地球这样，我是这样钟情于月亮。1999年12月22日，在我国上空出现了69年来最圆最亮的一轮明月，触景生情，赋诗一首，与本文应和，聊以自慰。

寄月今宵

千年跋涉

万载寻觅

踏遍天涯海角

穿过狂风骤雨

经历了无数生离死别

我们才

相聚今夕

茫茫霄汉中

可以与我

坦荡相照

形影相随的
能有几个知己

此刻 当你倏然撩起
那云影朦胧的面纱
深邃的眸子里 流泻出的
又总是默许

一次次 你用脉脉温柔
拭去 我面颊上的苦涩
一回回 你用殷殷慰藉
濡湿 我心中的孤寂

在梅花吐蕊的冬夜 疏影盈窗
你是烧灼的思念
在桂花飘香的日子 秋水一色
你是圆满的希冀

一个微笑 就点亮
一片晴朗的天空
一束目光 就漾起
一圈迷人的涟漪

那么多甜蜜都已发生
唯有你的至爱 一如
这今宵的皓月
高高地悬挂在 我的梦中
辉耀的
这样明亮
这样美丽

水的性格

俗话说，地球上"三山六水一分田"，天壤之间，水居其多。人体的主要成分也是水。离开水，人类不但不能生存，连万物赖以生存的地球，也将是一片荒凉。所以，对于自然界和人类来说，除了空气、阳光、土壤以外，没有比水更加重要的了。要讲水的贡献，可以写成鸿篇巨制，无论怎样评价，也不为过。为水树碑立传，不是这一篇短文能够胜任的，这里只想就水的性格作一点浅薄的议论，胡乱发表一点感想。

水由两个氢原子一个氧原子化合而成，一生下来它就具有双重性格。既温柔，又刚强，刚柔相济，是它性格中的突出特点。人们不是常说柔情似水这句话吗？一滴一滴的水珠自空中落下，缠绵如丝，飘渺似烟，润湿了大地，染绿了山川，于是才有碧草如茵，杂花生树，三秋桂子，十里荷香，才有"润物细无声，花重锦官城"，才有"更把玉鞭云外指，断断春色在江南"的美丽风光。面对绵绵春雨，诗人曾经写下过许多脍炙人口的千古绝唱，诸如"春雨有五色，洒来花旋成"，"清明时节雨纷纷，路上行人欲断魂"，"枕前泪共阶前雨，隔个窗儿滴到明"……说的都是水的柔情。去过苏杭的人都亲身体验过小桥流水、苏堤春晓的诗情画意，难怪诗人写出了"水光潋滟晴方好，山色空濛雨亦奇。欲把西湖比西子，淡妆浓抹总相宜"的动人诗句。杭州之有西湖，如人之有眉目，"未能抛得杭州去，一半勾留是此湖。"积水成湖，给人们带来的美感与愉悦，的确是令人柔肠百转的。想想看，如果没有密西西比河，没有泰晤士河，没有莱茵河、莫斯科河、永定河、苏州河、黄河、长江，那些世界著名的大都市还会有那样绮丽的风光吗？因此，从这种含义上来说，水是一个天才的画家，一个多情的诗人，每天它都用生花妙笔和柔情万种，为世界平添了许多温馨和美丽。

水以它的脉脉柔情滋润着世界，用它的甜美和慈爱哺育了人类。它很谦卑，当高山挥舞着彩云的旗帜炫耀自己的巍峨时，流水却潺潺地潜入谷底，汇成深潭。虽然地位低下，它却心明如镜，胸怀万仞蓝天，把乳汁毫无保留地献给大地。真可谓"水心如镜面，千里无纤毫。"它很开朗活泼，尽管常常遇到不公平的待遇，前进的道路上有许多坎坷，但它从不灰心，从不气馁，总是认定目标，勇往直前。越是阻拦，它的意志越是坚定。越是压迫它，越是昂然奋发向上。无论是迴绕、穿越，还是潜涌、激荡，它总是一路高歌走向未来。于是才有"山重水复疑无路，柳暗花明又一村"的境界。水有很坚强的意志，有不屈不挠的进取精神。即使一颗小小的水珠，也具有无穷的力量。水珠虽小，却可以反射出太阳的光辉。无数水珠，组成绚丽的彩虹，使江山更加多姿多彩。"飞流直下三千尺，疑是银河落九天"，那气魄，那胆略，那壮观景象，不仅使诗仙李白吟出千古绝唱，也使凡夫俗子惊叹不已。

中国有句成语"水滴石穿"，讲的也是水的力量。一滴滴水珠从空中落下，溶解了空中的二氧化碳，涓涓细流又溶解了其他化学物质，成为酸性水，任何坚硬的大理石、石灰石和其他溶于酸的岩石，都会在水的侵蚀下石崩瓦解，形成千姿百态的地下奇观。尽管完成这种杰作，需要千年万年，甚至亿万年，只要水横下一条心，誓不回头，它总是可以"水滴石穿"，把偌大的岩石驯服得心花怒放的。的确，水是以柔克刚的能手。这种特有的性格，似乎对我们人类社会也产生了深刻的影响。

有一年，我去四川攀枝花参加科学讨论会，会议讨论的主题是攀枝花钒钛磁铁矿的综合利用问题。过去，由于运送铁矿的管道采用钢管，距离长，磨损大，需要经常更换，造成成本过高，多年来，这个问题一直得不到解决。于是科学家想出了一个办法，改用胶皮管道运送矿料，不但经久耐用，节约了成本，而且效率大大提高。这是一个以柔克刚的典型例子。自然界这种有益的启示的确是很耐人寻味的。

"英雄有泪不轻弹"，但是，许多英雄都经不住女人多情的眼泪。白居易的一阕《长恨歌》，将唐明皇与杨贵妃的爱情故事写得柔肠寸断，入木三分。相聚时，为博美人一笑，不惜劳民伤财，每天派人快马加鞭，千里迢迢从四川给爱妃运送荔枝。相别时，依栏远望，说不尽的"蜀江水碧蜀山青，圣主朝朝暮暮情",想起杨贵妃"芙蓉如画柳如眉,对此如何不泪垂"。即使在兵谏马嵬坡的危急时刻,依然割舍不下对杨贵妃的绵绵恋情,想起当初恩爱,"君王掩面救不得,回看血泪相和流",可悲而又可叹。西楚霸王饮恨江边,挥泪别姬,更是被人们传为"不爱江山爱美人"的千古佳话。即使在当今现代社会里,人们也不可低估眼泪和枕头风的作用和魅力的。

中国还有一句成语,叫"水性杨花",往往用来形容一个人的轻浮。其实,这是一种误解。水的性格不仅有柔媚的一面,它有时又是刚烈、凶悍的,并且具有不屈不挠、团结奋斗的精神。滴滴水珠从天空落下,雨借风威,敲打着大地,摇撼着山川,聚成山洪,泻进江河,奔向大海。如千军万马,似金鼓齐鸣,以排山倒海之势,以摧枯拉朽之魄,向着既定的目标,毫不犹豫,决不彷徨,任何力量都无法阻挡它风驰电掣般勇往直前。即使遇到悬崖峭壁,它也不会止步,而是义无反顾地舍身跳下深渊,纵然粉身碎骨,也要让生命迸发出响彻云霄的呐喊,让理想映射出七色的彩虹。"君不见黄河之水天上来,奔流到海不复回。"于是李白发出了"黄河万里触山动,盘涡毂转秦地雷"的感叹,毛泽东在率军抢渡乌江天险时,写出了"惊涛拍岸,卷起千堆雪"的豪情。而孔老夫子却伫立船头,感怀"逝者如斯夫,不舍昼夜"。世事沧桑,不管人间如何风云变幻,奔腾的江河照样日夜滔滔不息地流向远方。许多朝代已如过眼云烟,而江河湖海依然穿山越岭,漫卷八荒,托起蓝天白云,荡起风帆樯桅,不分昼夜地滚滚向前。

面对波涛起伏的大海,我们不能不感谢水的博大胸怀和无私奉献。据科学家说,地球海洋的面积约有3.6亿平方公里,占地球面积的71%。地球上的水,97.3%都存在于海洋中。海洋里蕴藏着巨大的财富,是一座蓝色的宝库,金银铜铁和各种有色金属、非金属矿藏应有尽有,仅海盐一项,就可供人类消费5亿年。至于海洋渔业,更是为人类提供了取之不尽、用之不竭的食物。随着潮涨潮落,海洋波力发电已成为一种新生的能源,把水的光明和温暖,送遍地球的每一个角落。

啊,水的温柔给人类带来了温馨和美丽,水的刚强,给人类带来了财富和力量。让我们永远珍视水的情意,水的价值,带着水的嘱托和希望,去创造人类更加美好的明天吧!

桥的随想

　　很想写一篇关于桥的随笔或散文。一则是因为这大半辈子走过了不少坎坷不平的道路，越过了不少高山大河，往往是在路断水隔的艰难时刻，都是依赖桥的帮助，才可以天堑变通途，顺利到达金色的彼岸；二则是因为桥是一种造型美观的建筑，有很高的美学价值和科学价值。在古今中外的文学艺术作品里，关于桥的描绘浩如烟海，关于桥的故事更是多如牛毛，诸如《廊桥遗梦》《魂断蓝桥》《断桥相会》《草桥惊梦》《虹桥赠珠》《蓝桥遇仙》《洛阳桥》等，可以说是家喻户晓，广为流传了。至于中国诗词歌赋里关于桥的名篇佳句，许多都已经成为千古绝唱，就不一一列举了。我国著名桥梁专家茅以升先生曾经专门搜集整理了一本关于桥的诗词，令人百读不厌，爱不释手。

　　由于桥的社会功能和科学、美学价值，世界上有许多许多的名桥，与这个国家和民族的社会历史与文化发展紧密地联系在一起，永垂史册。如英国的塔桥，法国的滑铁卢大桥，美国的旧金山金门大桥，中国的赵州桥、卢沟桥、泸定桥、钱塘江大桥、黄河大桥、长江大桥等。

桥的种类也很多，有石拱桥、水泥桥、木桥、浮桥、绳桥、吊桥、钢桥、悬索桥、漫水桥、斜拉桥，等等。尤其是现代都市的各式各样的立交桥，如凌空飞舞的彩带，似纵横交错的彩虹，与蓝天白云、林海楼影交相辉映，显得格外恢宏和壮美，给现代人的生活提供了极大的方便。

桥，无论是大，还是小，无论是古老，还是年轻，都有着同样的功能，同样的品格，同样的追求。那就是无论在什么时候，都坚守在自己的位置上，弓着背脊，尽力托起承载的负荷，推动飞转的车轮，前进的脚步，去实现人类美好的理想。它是那样无怨无悔，无私无畏，有着钢铁一般的意志。

有一次我们在非洲丛林里进行科学考察，那是毒蛇猛兽出没的地方，天气炎热得令人窒息。经过一天的长途跋涉，考察组的同事们已是筋疲力尽，饥渴难耐了。负责带路的黑人朋友在回宿营地的路上又迷失了方向，大家都很着急。在茫茫林海中转来转去，还不时碰见结群跑过的野猪和狒狒。天色已经黑下来了，森林里的气氛十分恐怖，蚊虫叮咬不说，猫头鹰凄厉的叫声令人毛骨悚然。我们用镰刀斧头在荆棘丛生中开辟着道路，好不容易来到一条小河边，却被湍急的河水挡住了去路。河面不宽，也就十几公里，但河水很深，据黑人兄弟说，这条河流鳄鱼很多，是不能游泳的。我们只能沿着河边前行。走了差不多一个时辰，借着手电筒的灯光，突然发现河面里倒伏着一棵大树，枝丫贴在水面，撩起激浪。我们真是喜出望外，大家手牵着手小心翼翼地走上了这座"独木桥"。

只有在这一刻，我才真正体会到桥的伟大和真实。你看，那些如同鳞甲般的树干，虽然不像大都市的桥面那样光滑如镜，可它默默无闻地倒伏在这深山密林中，与狂风暴雨、惊涛骇浪搏斗了多少岁月，巨大的躯干上还伸出了无数条枝杈，临风摇曳着葱翠油绿的阔叶，显得异常生机勃勃。脚踏"独木桥"，我们身上仿佛也长出了力量，一天的疲劳早已跑得无影无踪了。当考察组全体同事全部顺利通过"独木桥"后，站在河岸上，我们真有说不出的感激。

在大半生的旅途中，我的确走过了不少的路，也渡过了不少的桥。但没有一座桥像这座"独木桥"那样让我刻骨铭心，没齿难忘。它年复一年地躺在这里，没有人关心它，保护它，它却心甘情愿地用自己的奉献去连接他人的希望和梦想。它不需要别人的感谢，也不渴求他人的怜悯，总是充满激情地、满腔热忱地去帮助他人渡过困境，战胜灾难，即便是自己沉入水底，它也要把生的

世事随想

希望留给路人。

在现实生活中，我们多么需要桥的风格。在别人遇到困难，最需要帮助的时候，多做些"逢山开路，过河搭桥"的好事，不要去做那种"过河拆桥"、"只顾自己门前雪，不管他人瓦上霜"的事，这正是当今应该大力提倡和弘扬的高尚品格和时代精神。

言犹未尽，赋诗一首，以表达我对桥的赞美。

荒野之桥

联结着昨日和今天

缝合着阻隔和思念

几度春雨秋霜

几多花好月圆

隐身于树丛

埋名于荒原

看朝晖夕阴

听渔歌唱晚

用脊背拱起一个多彩的世界

把理想高高地铺向蓝天

我是桥

总在渴盼

那纷至沓来的脚步声

穿过久远

当白云　月亮和星星

从山的那边

向我靠拢

冲破黑暗的围攻

我会毅然举起大森林般的手指

将光芒四射的太阳

献给人间

科学之恋

——郭日方散文随笔选

墙

　　有一次到非洲出差，途经埃塞俄比亚首都亚的斯亚贝巴小住几天，闲暇无事，约使馆的一位朋友游览市容，对这座高原城市留下很深的印象。当然，印象最深的不只是那峰峦起伏的群山，金碧辉煌的皇宫，雄伟壮观的议会大厦，宽阔整洁的孟尼利克二世大街，最使人难以忘怀的还是那奇花烂漫的林荫大道，和一座座错落有致、排列有序的花园式公寓。尤其是那造型优美、洁白如玉的围墙内外，摇曳着一丛丛争相吐艳的玫瑰花，将整座城市装扮得更加妩媚多姿。亚的斯亚贝巴地处高原山谷，气候凉爽，很适宜玫瑰花的生长。如果说，整座城市就像一座巨大的玫瑰花园的话，那么，每一座庭院就是一个玲珑迷人的盆景。这其中，那蜿蜒曲折的白色围墙，起着画龙点睛的作用，令人叹为观止。

　　我由此想起了中国的长城，想起了素有"天堂"之美称的苏州园林，想起了北京的紫禁城和四合院。万里长城作为人类历史上最宏伟壮观的建筑之一，已经成为中华民族精神的象征。它所蕴含的博大精深的文化内涵，以及凝聚中华民族精神的巨大价值，不管你愿不愿意承认，都是客观存在的。至于说苏州园林（其实何止于苏州），千百年来，以它独特新颖的建筑构思和丰富深刻的美学底蕴，而闻名遐迩。以至于不少西方发达国家，为了迎合人们的心理向往和美学追求，竟不惜耗费巨资将苏州园林"移居"海外。要说紫禁城和北京的四合院，以及由四合院组成的密如蛛网的胡同，更是北京的一大特色。即使你走遍世界各地，绝不会看到像北京这样美妙而富于情趣的四合院，更不要说紫禁城、故宫，以及被英法联军烧毁的圆明园了。这些都是世界独一无二的建筑！

没有人能够否认，建筑是一个国家，一个民族思想、文化、心理和美学价值观的象征。同时，它也与这个国家的特有自然景观联系在一起，二者是紧密联系而无法分割的。在这种独特的建筑风格中，我们会惊奇地发现，有一条美丽的曲线——各式各样的墙，为人们的审美情趣画了一个寓意深远的句号。谁能说出，人类几千年的文明史中，墙内墙外演出了多少振聋发聩的动人故事？

"祸起萧墙"，"墙内开花墙外香"，"满园春色关不住，一枝红杏出墙来"，在中国历史上，关于墙的典故与诗篇多如牛毛。钱钟书先生的一部《围城》，借着电视屏幕竟一时造成万人空巷，那也是写的墙内外的故事。"孟姜女哭倒长城"，《红楼梦》《水浒》《三国演义》，以及古今许多历史名剧，都离不开那条缝合、隔断人间恩恩爱爱的围墙或城墙！"望长城内外，惟余莽莽；大河上下，顿失滔滔"，"不到长城非好汉"，更是把祖国山河的壮丽、中华民族的英雄气概升华到极致。由此可见，围墙也好，城墙也好，萧墙也好，山墙也好，无论是它的社会功能还是美学、文化功能，对一个家庭、一个城市、一个民族来说，都是很重要的。

这些年，改革开放的春风吹进国门。无论是城市还是农村，新的建筑如雨后春笋。就拿我们北京来说吧，一幢幢高楼拔地而起，百余座立交桥傲踞长空，"神女应无恙，当惊世界殊"，一些老北京人对此种变化也惊叹不已。但是，使人感到美中不足的是，在建设这些雄伟壮观的高楼大厦时，人们似乎忽略了那条美丽的曲线——围墙。仿佛使人觉得，一个俊俏美丽的少女没有穿上裙子，显得很不雅致。其实，稍微动动脑子，为这些建筑穿上色彩纷呈的裙子，并不是一件十分困难的事情。试想，如果每一个设计师都在建筑图纸上画上一条美丽的曲线，人们在那条曲线内外栽树、养花、种草，我们的现代化都市、乡村，该会变得多么妩媚动人啊。

为了明天，为了美，让我们写好"墙"这首动人的诗篇！

归来兮，大雁！

　　久居闹市，很少有机会看到大雁结队迁徙的动人景象。记得少年时代，每当春暖花开或者秋风送爽的季节，在地边田头，我常常仰望天空，目送大雁南来北往，有说不出的愉悦和迷恋。成群结队的大雁，老雁在前领路，幼雁在后尾随，或排成一字形，或排成人字形，一路高歌，昼行夜息，向着既定的方向奋勇向前。那种严密的组织纪律和不屈不挠的奋斗精神，催人向上，策人奋起，很能引发风华少年挥斥方遒的梦想。以后，在文学作品里我又常常沉醉于那诗情画意的描写，许多名篇佳句，令人反复吟弄，爱不释手。诸如"风翻白浪花千片，雁点青天一字行"；"孤飞一片雪，百里风秋毫"；"天淡云闲，列长空数行新雁"；"千里水天一色，看孤鸿明灭"；"仰看云中雁，禽鸟亦有行"；"登高伤远别，鸿雁几行飞"；"三春时有雁，万里少人行"；"鸿雁几时到，江湖秋水多"；"云中谁寄锦书来，雁字回时，月满西楼"；"天高云淡，望断南飞雁"，等等，至今还能背诵如流。

　　著名医学家李时珍对大雁更是充满了溢美之词，他说："雁有四德：寒则自北而南，止于衡阳，热则自南而北，归于雁门，其信也；飞则有序，前鸣后和，其礼也；失偶不再配，其节也；夜则群宿，而一奴巡警，昼则衔芦，以避缯缴，其智也。"可见自古到今，大雁在人们的心目中，是一种美好、善良、贤德、守信的象征。难怪许多地名都以雁命名，如雁荡山、雁门关、雁翅峰，甚至不少人的名字中也都有雁字，象征着吉祥、勇敢、忠诚和希望。

　　当然，大雁给人类带来的不仅仅是歌声、诗情、画意，它作为一种候鸟，

世事随想

固定不变的迁徙习性，已经成为人们"定天时""测气温"的标志。华北农村就流传着这样的歌谣："七九河开，八九雁来。"据北京物候记载，大雁过京，不迟于阴历二月十八日。"寒露""霜降"节气，必然结队南飞。如果提前或推迟迁徙，就预示着气候发生变化。我国许多地方的物候记载都说明了这一点。难怪我国许多地方的农民，都把大雁迁徙作为农事耕作的重要依据。

令人痛心的是，尽管大雁给人类带来这么多恩惠和美丽，我们却有意或无意地在破坏大雁快乐生存的家园。儿时，在故乡的黄河滩上，当芦花飘雪的季节，南飞的大雁常常在夜深人静的时候栖落在芦苇荡边。趁着大雁打盹，有人端起猎枪，射出了罪恶的子弹，善良的大雁血染滩涂，我曾为此伤心流泪。长大进城之后，在北京的玉渊潭，在紫竹院公园，不时传来有人射杀白天鹅、大雁的消息，听了让人不寒而栗、义愤填膺。使人更加忧虑的是，人类在创造美好生活的同时，却忽略了环境保护。生活环境和生态平衡遭受严重破坏，地球的许多地方已不再是鸟儿的天堂，许多珍稀动物濒临灭绝，稀有植物消失，造成农田荒芜，风沙肆虐，如此以往而不加制止，世界将会呈现出多么可怕的景象？！

大雁不仅仅是一种候鸟，是一种"定天时"、"测气温"的晴雨表，它还是预报自然生态环境变迁的使者。

2000年10月，我去德国进行科技管理与文化建设考察，沿着汉堡至柏林的高速公路驱车南行，窗外林海茫茫，绿草茵茵，碧空如洗。抬眼远望，无意中发现天边布满了"乌云"，从北向南缓缓涌动，刹那间遮住了蓝天。仔细一看，天哪，这哪里是乌云，分明是南徙的雁群。一队接着一队，一群跟着一群，排成巨大的方阵，如百万雄师排山倒海般向前推进。悦耳的雁叫声此起彼伏，汇成一支雄壮嘹亮、气势恢宏的交响乐，使喧嚣的汽车轰鸣声黯然失色。放牧的农夫停住脚步，路上的行人驻足凝望，绮丽的晚霞朵朵相依，明净的湖泊含烟相送。我细细数点，很想知道这见所未见、闻所未闻的雁阵究竟有多少"士兵"。可是数也数不尽，点也点不清，少说也有几万只吧。驻德国使馆的一位朋友告诉我，德国政府和群众很重视环保，动植物和人类和谐相处，共同创造了一个美好的家园。这么多的大雁南来北往，钟情于这片土地，是不奇怪的。话说的轻松，却掷地有声，可以说一矢中的。细想想，为什么有的地方大雁越来越少，有的地方大雁却越来越多呢？

触景生情，情溢笔端，即赋拙诗一首，献给那些热衷环境保护的朋友，也献给善良而刚强的大雁：

雁　阵

一只跟着一只，排成长长的队列向前飞行。

飞越过多少高山峡谷，飞越过多少城镇乡村，

飞越过多少江河湖海，飞越过多少草甸森林。

骄阳，晒不枯飞腾的理想；

暴雨，淋不湿腾飞的憧憬；

狂风，折不断搏击的翅膀；

黑夜，遮不住明亮的眼睛……

一队随着一队，排成巨大的人字向前飞行。

有人说，它很像耕天的犁尖，把明天的希望深深地播进土层；

有人说，它很像猎人挥舞的长鞭，在驱赶着那乌云的骏马纵横驰骋；

有人说，它很像少女那乌黑的发辫，把落日红红的脸庞衬托得更加妩媚妖娆；

有人说，它很像一支巨大的画笔，将恢宏的长空涂抹得万紫千红……

其实，它更像雄姿英发的战士，一路上洒下激昂嘹亮的歌声。

昼行，有勇敢的头雁在前边引路；

夜宿，有忠诚的公雁在巡逻值更；

秋去春来，始终是一个团结友爱的集体；

天涯海角，到处都有它们奋力腾飞的身影……

一只跟着一只，不知飞行了多少岁月，

世世代代，都保持着不变的队形；

一队随着一队，不知飞过了多少路程，

严明的纪律赢得人们赞美声声……

啊，雁阵，你的可贵之处就在于始终如"一"，

同时，也把巨大的省略号写在天空。

仰望雁阵，我不由陷入深深的遐想，

仿佛，有一股巨大的力量在心中升腾……

激情勃发处，不禁掷笔伫望长空，大声疾呼：归来兮，大雁！

蛇　说

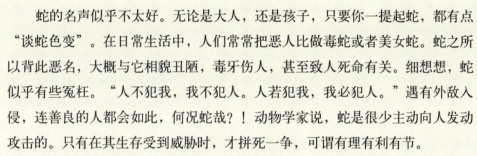

　　蛇的名声似乎不太好。无论是大人，还是孩子，只要你一提起蛇，都有点"谈蛇色变"。在日常生活中，人们常常把恶人比做毒蛇或者美女蛇。蛇之所以背此恶名，大概与它相貌丑陋，毒牙伤人，甚至致人死命有关。细想想，蛇似乎有些冤枉。"人不犯我，我不犯人。人若犯我，我必犯人。"遇有外敌入侵，连善良的人都会如此，何况蛇哉？！动物学家说，蛇是很少主动向人发动攻击的。只有在其生存受到威胁时，才拼死一争，可谓有理有利有节。

　　近读《新民晚报》一篇报道，据上海野生动物保护协会日前公布的调查统计表明，在餐桌上葬身口腹的野生动物中，蛇居榜首。据测算，上海人每年吃掉的蛇类有十多种，重达千吨以上。中档饭店酒楼大都秘设野生动物的"断头台"，在血光腥雨之中对爬行类、两栖类行动不便的野生动物"大开杀戒"，甚至连天上飞的鸟儿每年也有八万只以上落入贪食者口中。读了这则消息，不知人们作何感想。上海如此，广州亦然，还有北京……贪食之风席卷全国，何处才是野生动物美好的家园？

　　的确，蛇不仅肉味鲜美，而且有很高的经济价值。且不说蛇肉是大补之品，小小蛇胆配以酒饮，可以清目醒神，还可治疗风湿等多种疾病。蛇皮更是有着多种用途，尤其是蟒蛇皮厚实坚韧，常被用来做成各种造型美观的皮具，很受欢迎。有效合理地利用这些资源，为人类美好的生活造福，本无可非议。但是，一味贪图口福，对蛇类疯狂捕杀，却是不可取的，必须坚决加以制止。

　　其实，在蛇的王国里，同样也有"善""恶"之分。蛇的种类很多，有蟒蛇、锦蛇、游蛇、蝰蛇、蝮蛇、眼镜王蛇、眼镜蛇等。其中，真正有毒的蛇，也不过数百种，绝大多数种类的蛇是无毒的。它们栖息在荒山野林、沼泽湖泊，多以脊椎动物为食，与人类过着相安无争的生活。如果从科学的角度来讲，无论是毒蛇或是无毒蛇，对保持自然生态环境的平衡和人类社会的物质精神文明，都做出了不可磨灭的贡献。

据新闻媒体报道，在南美洲热带丛林里就生存着一种巨蟒，性情温驯善良，疾恶如仇。有的村民常把巨蟒养在家中看守门户。在气候炎热、野兽出没的丛林地带，妇女把婴儿放进吊床，悬挂在两棵大树中间，吊床下盘卧着一只家养巨蟒，主人便可放心地到远处干活。性情凶猛的野兽就不敢靠近婴儿，一旦靠近，巨蟒怒目圆睁，便毫不客气地向它发动进攻，可谓舍生忘死，恪尽职守。这听起来似乎有些传奇色彩，但却也说明，在与自然界斗争中积累了丰富经验的南美洲人民，同巨蟒建立了十分亲密的关系。

具有五千多年古老文明史的中华民族，热爱自然，热爱动物，一直是我们的传统美德。一部神话故事《白蛇传》在民间广为流传，家喻户晓，讲的也是人、"蛇"恩爱，情节跌宕起伏、动人心弦。白蛇是情深义重，痴恋许仙，青蛇是秉正刚烈，仗义执言，倒是文弱书生许仙忘恩负义，懦弱胆怯，听信谗言，以致招来法海巧设的毒计，使白蛇、青蛇现出原形，吓死许仙。为救许仙，白蛇身怀六甲，却历尽千难万险，从终南山盗来仙草，水漫金山寺，救出许仙，得以断桥相会，鸳梦重温。尽管这是一部神话，却也反映了劳动人民通过蛇化仙歌颂正义战胜邪恶，追求美满真挚爱情的理想。

我并不想为蛇树碑立传。只是觉得，蛇作为大自然赐给人类的一种珍奇动物，人类应该给它些自由生存的空间。当马戏团的演员身缠蟒蛇，甚至手执毒蛇，为观众表演精彩的人蛇共舞的杂技节目时，给人类带来了多少愉悦；当动物园的爬行馆里展示各种蛇类的生物场景时，给孩子们带来多少知识，多少笑声。蛇，给人类带来的恩惠实在是太多太多，我们怎么能够只图一时口福，而不顾后果地将蛇赶尽杀绝呢。

《金蛇狂舞》是一曲动人的民族音乐，歌颂的是劳动的欢乐，丰收的喜悦。愿这欢快动听的旋律，伴着现代文明的脚步，永远回荡在我们身边。"毒蛇猛兽"肆意横行的时代一去不再复返。和平与发展是当今世界的主旋律。

亭亭水仙

几粒彩石　一泓清水，

小花儿开得质朴妩媚。

不染污泥　心像水一样明净，

不恋蜂蝶　花似雪一样俊美……

十几年前一个寒冷的冬夜，当我从胃癌术后的昏迷中刚刚醒来，只见窗台上摇曳着一株亭亭玉立的水仙。花色乳白，簇叶翠绿，不时飘出缕缕淡淡的清香，使人顿觉心旷神怡，于是便情不自禁地咏出这几句小诗。

窗外，雪花在静静地飘落。我脑海里又浮起童年一件令人难忘的往事。

新中国成立前夕，我随父亲客居在南方一座小城。父亲平时喜欢养花种草，每年冬天，他都要买来几茎水仙花头，精雕细刻，做成千姿百态的水仙盆景，供在案头，慢慢欣赏。有一天黄昏，朔风凛冽，大雪纷飞，父亲突然想起年节临近，家里还没有买到水仙花头，便拉着我上街看看市面上可有卖水仙花的。母亲不以为然地笑着说，天快黑了，又下着大雪，哪会有乡下人进城！

果然，一连走了几个街头，都没有看到一个卖花人，父亲也有些悻悻然了，我们只好扫兴而归。在一条小巷的拐弯处，我从父亲的雨伞下向前望去，突然看见一个八九岁的小女孩，蜷缩着身子蹲在屋檐下仿佛在叫卖着什么。我摇动着父亲的手加快了脚步，借着昏暗的路灯，我看见小女孩赤裸的双脚下摆着一筐水仙花球，父亲真是喜出望外，他把一个水仙球托在手心，嘴里不住地

啧啧赞叹着："孩子，你看，这花球很大，底盘又宽又厚，顶部粗壮，个头扁阔矮胖，将来花箭一定很多。"父亲是养花专家，我却对花道一窍不通，只能点头称是。趁着父亲挑花的工夫，我下意识地端详了一下这个小女孩。只见她梳着一双小辫，圆圆的脸蛋，一双大大的眼睛，目光里闪烁着对我们的期待和渴求，不时还流露出一种忧郁的神情。经我再三询问，她才告诉我，她的父亲被拉壮丁许多年没有音信了，母亲已经去世，家中只有一个老奶奶也双目失明，和她相依为命。听着她的诉说，原本只想买几茎水仙花头的父亲，不由得改变了主意，从腰包里掏出了铜币，索性把一筐水仙花头全都买下了。父亲一手拉着我，一手打着伞向小巷深处走去，我回头望望那个消失在风雪弥漫处的小姑娘，只觉手中提着的那筐水仙花球格外的沉重。

那年春节，我们家成了"水仙世界"。父亲的雕花技艺可以说是精妙绝伦，什么孔雀开屏，什么飞蝶迎春，这一棵是蟹爪卧沙，那一株是游龙戏水，姿态各异，如诗如画。凝视着那玉骨冰肌的花瓣，品味着淡雅芬芳的幽香，我的心沉浸在"万木凋零群芳去，天下无双独此花"的意境之中。

从此，我与水仙花便结下不解之缘。福建漳州的一位老友知道我酷爱水仙，每年腊月，都要千里迢迢从南方给我捎来水仙球。也许是漳州的泉水、土壤、气候特别适宜水仙生长，所以鳞茎特别肥大，箭多花繁，当全家人围坐在电视机前，聚精会神地欣赏着中央电视台播放的春节文艺晚会节目时，竞相开放的水仙花为我们温馨的小屋平添了许多春意。

当然，水仙花的价值不仅仅只是供人观赏，它还是一种宝贵的香料资源，据说，鳞茎榨出的液汁，还可以敷治痈肿。因此可以说，水仙花不仅外表很美，而且具有更美的品质。它对人类没有更多的需求，只要给它一杯洁净的清水，便毫不吝啬地为人类献出它的美色和芳香。

也许会有人觉得，水仙花花期不长，花香也不够浓烈，我却几十年如一日把它栽到心头，须臾不愿分离。一个人来到世上，能够为社会奉献的时光也不过几十个年头，能力有大有小，但是，不管生命有多么短暂，只要他能够像这亭亭玉立的水仙一样，为人类毫无保留地献出自己的全部爱和美，难道不是很值得称颂吗？

我爱太阳花

芳草鲜美，落英缤纷。百花吐艳，万紫千红。花动一山春色，树摇满池秋水。说的都是看不厌的人间美景。"年年岁岁花相似，岁岁年年人不同。"写的是世事沧桑，斗转星移，花开花落，人间有道不尽的是非恩怨，离恨别情。睹物感怀，借景寄情，人皆有之。只是时序有变，境遇不同，心境也就今非昔比罢了。崔护的"去年今日此门中，人面桃花相映红。人面不知何处去，桃花依旧笑春风。"写的就是种情绪。杜牧的"清明时节雨纷纷，路上行人欲断魂。借问酒家何处有，牧童遥指杏花村。"抒发的又是另外一种凄楚心情。人非草木，孰能无情。面对秋风吹雁，落叶飘零，想起黛玉葬花的凄凉景象，真难免不叫人泪流纵横了。并非笔者多愁善感，睹物伤情。试问，当一个人身处逆境，徒面四壁，叫天天不应，喊地地不灵，该会是一种什么心情！当然，重要的在于超越，在于从厄运困境中超越自我，调整心态。反其道而行之，便会迎来"山重水复疑无路，柳暗花明又一村"的境况。

对此，笔者感受颇深。39岁，当我风华正茂、挥斥方遒的时候，突遇癌袭，生死未卜，少年壮志、锦绣前程，即将毁于一旦，真是一筹莫展。如何排解无穷的忧患和苦闷，驾驭着生命之舟迎着狂风恶浪，闯激流，越险滩，去勇敢地迎接柳暗花明、海阔天空的明天，成了我朝思暮想的一个现实问题。

就在这个时候，一个朋友到家中来看我。打开房门，一盆绚丽缤纷的太阳花映入我的眼帘，顿感满室生辉。刚刚坐定，他就淡淡一笑地说："没有什么好送的，就送给你一盆太阳花吧，养病之余，给它浇点水，施不施肥都没关系，只要照照太阳就行了。虽然花朵很小，却五颜六色，开得热情蓬勃，煞是好看。"我连连点头，刚要插话表示感谢，他又加重语气，叮嘱了一句："说不定它对你战胜疾病会有好处呢！"

从此，我真的开始爱上太阳花了。虽然它没有牡丹那样硕大绰约，也没有玫瑰那样妖艳妩媚，没有菊花那样暗香盈袖，没有梅花那样疏影横斜，只要一片阳光，一点清水，一掬沙土，便开得如同彩霞那般艳丽，如同宝石那样夺目。尤其是在炎炎烈日下，它昂起笑脸，临风摇曳，还招徕群群蜂蝶，飞东飞西，使人想起"蜂蝶纷纷过墙来，才知春色在我家"的诗句。为了同疾病抗争，我每天都要写诗，不是有人说过"世界上最广阔的是海洋，比海洋更广阔的是天空，比天空更广阔的是人的心灵"，"心同野鹤与尘远，诗似冰壶见底清"吗？写诗与赏花，同样能够净化灵魂，陶冶性情的。所以，每当我写诗困倦，看书双目昏花之时，便情不自禁地走向阳台，去看一看美丽可爱的太阳花，顿觉心旷神怡，一身轻松，有说不出的快意。

看久了我才发现，每一株太阳花生命十分短暂。但是，就在这短暂的一瞬间，它却毫无保留地献出了自己的美丽，然后，便踏着夜色悄然离去。新的一天开始，它把开花的荣誉让给了其他花蕾，自己却无声无息、无怨无悔地孕育着新的希望和明天。它的枝条是孱弱的、娇嫩的，饱含着绿色的汁液，但它扎根的泥土却是贫瘠的，甚至很多天不喝水，照样向着灿烂的太阳微笑。站在小小的太阳花前，想一想自己面对厄运的消极情绪，我真有点羞愧得无地自容，仿佛突然觉得有一种湍急的潜流在身上涌动，有一股伟大的力量在心中升腾。

啊，太阳花的世界是一个多么团结向上、欣欣向荣的集体，太阳花的追求是一种多么坦荡无私、坚毅顽强的信念。虽然过去我从来不会种花，也不会养花，现在，每年春天都要在阳台上种满各种颜色的太阳花，愿它伴随着我走向春华秋实的未来。

黑 壳 樟

"遥望洞庭山水翠，白银盘里一青螺。"登临千古名胜岳阳楼，远眺烟波浩淼的八百里洞庭湖，只见湖心浮光耀金，摇动着一座晶莹碧翠的小岛，这就是被世人称之为天下奇景的君山岛。凡是到过君山的人，无不惊叹大自然的造化如此精妙绝伦！也只有你亲临其境，才能体味到那如醉如痴的神韵。

君山归来，有位朋友问我，你最大的感受是什么？我毫不犹豫、不假任何思索地脱口而出答道："美"！

君山确实美。在那座方圆0.96平方公里的小岛上，72座山丘峰峦叠翠，200余种植物郁郁葱葱，尤其是斑竹、金龟、银针茶，给生机勃勃的君山自然景观锦上添花。在绚丽多彩的迷人风光中，有一棵临风而立的黑壳樟树，至今仍是那样优美而深情地摇曳在我的眷恋之中。

那棵黑壳樟树个头不高，远远地望去同别的树木没有什么不同之处。当我走近时才突然发现，它的树干只剩下一半，而且仅有的一半树干已无树心，半边树皮的下端有三个巨大的空洞，就像一尊三脚茶几在支撑着亭亭如盖的树冠。身体扭曲着向上生长，伸展的枝丫抚云蔽日，生机盎然。至于树干是被雷电劈去半边，还是它年幼时被狂风摧折，就不得而知了。然而人们不能不惊叹它与自然力顽强抗争的精神。洞庭湖朝晖夕阴，气象万千，狂风骤雨，浊浪排空。岁月沧桑中，或因人为的破坏，或因自然的淘汰，许多植物在沧桑巨变中永远地消失了。而樟树却以它特有的品质和光泽赢得人们的喜爱。它不仅材质坚韧，纹理精美，而且防潮防虫，气味芳香。古代，有许多金碧辉煌的宫殿，

就是专门用樟木、楠木建造的。现代，它又被用来做成各种豪华考究的家具，给人们的生活增添了光彩。由于樟树的生存与发展，同人类的生活息息相关，所以在同大自然的抗争中，便受到人们的特殊保护和钟爱。就说这棵黑壳樟吧，在惨遭凌折之后，如果没有人们的精心照料，恐怕就很难穿过几十年风雨，顽强地活到今天了。

　　的确，一切美的东西都应该受到保护，都应该加倍珍惜。自然界存在着许多美的东西，人类保护了自然，也就保护了人类自身的生存环境。使人感到痛惜的是，有时候我们往往在追求物质利益时，有意或无意地破坏着自然资源，破坏了美。就拿洞庭湖来说吧，古代曾被称做云梦泽，北通巫峡，南及潇湘，连绵延展千余公里。后来，由于造山运动，地壳陷落，至唐代时，湖水泛滥，逐步形成八百里洞庭的壮观景色。此后，特别是近百年来，长江上游植被破坏严重，造成水土流失，湖中泥沙淤积，面积已大大缩小。如果不采取切实有效的措施，加以保护，几百年后，洞庭湖很可能就会从我们这个地球上消失。到那个时候，"巴陵胜状，在洞庭一湖"的壮丽景色便不复存在了！

　　自从君山归来，每当中央气象台预报有寒流大风来临，我就思念着那棵临风而立的黑壳樟，暗暗祈祷它在狂风寒流中挺拔起倔强的身姿，成为抗击肆虐蹂躏的强者。同时，自然也会想到，君山自然保护区的管理人员，一定不会忘记去为它加固培土吧！

茶香　香茶

　　游江南茶乡，随处可见这样的对联：诗写梅花月，茶煎谷雨春。农历仲春二月，正是南方花事最盛的季节。各种梅花竞相吐艳，<u>丛丛茶花铺彩叠翠</u>，风是香的，雨是甜的，俯身捏一把湿漉漉的泥土，也都散发着醉人的芬芳。然而，最令人陶醉的还是那漫山遍野青翠欲滴的茶园。

　　中国的种茶业是从哪个朝代开始的，我没有考证过。唐人陆羽所著的《茶经》，是我国第一部专门论述茶的著作。几千年来，茶叶作为我们这个民族的传统饮料，以它特有的韵味和馨香萦回于人们的生活空间，成为不可或缺的东西。花茶的浓香，绿茶的清醇，红茶的温润，都受到人们的喜爱和青睐。我国的茶叶栽培与管理技术独一无二，东南亚和非洲一些国家都聘请中国专家前往传授技术。至于茶叶的制作加工，那就更加讲究，常常需要经过十几道工序才能制成。就拿久负盛名的洞庭湖君山银针茶来说吧，每年要在清明节前后7～10天采摘。不仅采摘标准极为严格，而且制作工艺十分考究。要经过"杀青、摊晾、初烘、初包、复烘、复包、干燥"等多道工序，最后才能达到色、香、味、形俱佳。由于一叶一针，长短一致，粗细均匀，白毫整齐，芽身金黄，看上去恰似绣花银针，故而得名银针茶。我国的各种名茶都有着不同的栽培、加工技术和饮用功能，据统计，专门研究茶叶的专著就有几百种之多，可谓洋洋大观。

　　喝茶，乃人生一大乐趣。这不仅是生理的需要，而且是一种美的享受。在田间地头干活，口干舌燥，一碗热茶咕咚咕咚下肚，会使人神清气爽，疲劳

顿消；在酒楼餐厅宴客，相对而坐，一杯香茶端在面前，室内馨香缭绕，情深意浓。在东南沿海一带，家中有贵客来临，主人是一定要请你喝功夫茶的。小巧玲珑的茶具，斟满了浓浓的情意，让你细细品味主人的热情好客；在巴蜀地区，人们喜欢在晚上摆"龙门阵"。好友相聚，山南海北，无所不谈，如果没有一壶香香的云雾茶，会使人兴味索然。至于吃早茶、晚茶，已经成为人们进行商业活动或者会亲访友的一种高雅礼遇，早已风行于全国了。

时下，名目繁多的饮料充斥着中国市场，自行推销的广告更是令人眼花缭乱。尤其是一些国外的舶来品，由于穿着令人目眩的漂亮包装，竟也成了一些人炫耀身价的砝码。有一次我乘车南行，在同一包厢中坐着一位西服革履的年轻人，嘴里叼着一支高级雪茄，一边吞云吐雾，一边啜饮着吱吱冒气的名贵易拉罐饮料。当女列车员提着重重的水壶来为旅客送水时，这位先生扑地一声又拉开了一桶易拉罐，用戴着两枚金戒指的手举在姑娘面前轻蔑地说："现在谁还喝那个。"旁边一位年纪大的旅客却递上一只茶杯，请列车员加点开水。我们的目光不期而遇，心领神会，只是谁也没有言语。我把目光移向窗外，只见一片片茶园从窗前闪过，铿锵的车轮声发出沉重的叹息。

过了一会儿，当我的目光移回车窗内时，我被茶几上那只沏满开水的玻璃杯惊得目瞪口呆。只见那茶叶的"旗枪"徐徐向下，沉入杯底，似万箭齐发，又似群笋出土。继而，上下浮动，恰如游鱼戏水，最后，整齐的叶片抱成一团，犹如菊花盛开，真叫人拍案叫绝。这位老同志不无骄傲地对我说："凡是去过我们君山的人都知道，这就是驰名中外的君山茶！家里来了客人，沏上一杯君山茶，让人赏心悦目，喜笑颜开。尤其是这茶水杏黄明净，滋味甜美，滴滴入口，回味无穷。我们那里流传着这样一首民谣：君山茶叶贡毛尖，配以洞庭白鹤泉。入口醇香神着意，杯中白鹤上青天。"说着，老者递过茶杯非让我尝尝君山茶的滋味。

在茶叶的醇香中我思绪联翩，不能自已。改革开放的中国，正以博大的胸怀引进先进的技术、先进的产品，无疑，这是一种历史的进步。但是，有着几千年优秀民族文化传统的中国国粹，无论什么时候都是我们这个民族值得珍惜和自豪的。中国的物产、中国的商品、中国的文化艺术、中国的道德价值观，我们要世世代代继承下去，并且不断使它发扬光大。

我呷了一口银针茶，细细品著着其中的滋味，自言自语地咀嚼着一句至理名言：越是民族的东西就越具有世界性。不是吗？

悠悠南瓜情

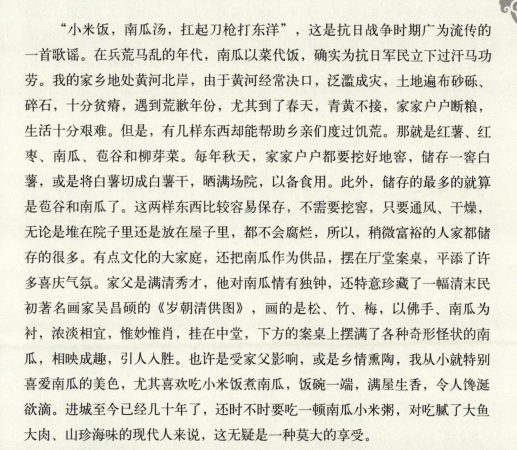

"小米饭，南瓜汤，扛起刀枪打东洋"，这是抗日战争时期广为流传的一首歌谣。在兵荒马乱的年代，南瓜以菜代饭，确实为抗日军民立下过汗马功劳。我的家乡地处黄河北岸，由于黄河经常决口，泛滥成灾，土地遍布砂砾、碎石，十分贫瘠，遇到荒歉年份，尤其到了春天，青黄不接，家家户户断粮，生活十分艰难。但是，有几样东西却能帮助乡亲们度过饥荒。那就是红薯、红枣、南瓜、苞谷和柳芽菜。每年秋天，家家户户都要挖好地窖，储存一窖白薯，或是将白薯切成白薯干，晒满场院，以备食用。此外，储存的最多的就算是苞谷和南瓜了。这两样东西比较容易保存，不需要挖窖，只要通风、干燥，无论是堆在院子里还是放在屋子里，都不会腐烂，所以，稍微富裕的人家都储存的很多。有点文化的大家庭，还把南瓜作为供品，摆在厅堂案桌，平添了许多喜庆气氛。家父是满清秀才，他对南瓜情有独钟，还特意珍藏了一幅清末民初著名画家吴昌硕的《岁朝清供图》，画的是松、竹、梅，以佛手、南瓜为衬，浓淡相宜，惟妙惟肖，挂在中堂，下方的案桌上摆满了各种奇形怪状的南瓜，相映成趣，引人入胜。也许是受家父影响，或是乡情熏陶，我从小就特别喜爱南瓜的美色，尤其喜欢吃小米饭煮南瓜，饭碗一端，满屋生香，令人馋涎欲滴。进城至今已经几十年了，还时不时要吃一顿南瓜小米粥，对吃腻了大鱼大肉、山珍海味的现代人来说，这无疑是一种莫大的享受。

南瓜这种植物，不仅好吃、耐看，而且有许多优良品质。对于土壤，它从不挑肥拣瘦，无论是田埂地头，房前屋后，还是庭院空隙，墙角沙坡，只要

世事随想

埋下几颗种子，便可茁壮成长。它的茎条能伸出几米长，叶形又大又宽，状如心脏。每年夏天，开满了金黄色的花朵，招徕蜂蝶，引来蝈蝈，给庭院、田野带来无限生机。到了秋天，金灿灿的南瓜满地乱滚，有的重达十几斤，皮肉厚实，即使站上一个人它也不动声色。它的肉也呈橙黄色，含有多种维生素，尤其是胡萝卜素和维生素B含量很高，是理想的防癌食品。南瓜子呈白色，香甜可口，许多饮食店里都把它作为消遣食品出售。逢年过节，或是家中来了客人，端上一盘瓜子，递上一杯香茶，会使人沉浸在主人的浓浓盛情之中。

我国的南瓜品种很多。浙江的慈溪南瓜，个小赭黄，味极甘美；宁波的疙疤南瓜，瓜面凸凹，造型奇特，可作案头供品；贵州湄潭南瓜，扁圆脐大，子多肉嫩；杭州的十姐妹南瓜，皮粗肉红，形似棒槌；山东拉瓜，皮粗肉厚，状如木棍；杭州长瓜，长约一尺半，肉呈酱黄色；台湾南瓜，状如鹿角，肉极甘美；浙江的缩缅南瓜，身呈扁圆，瓜质极甜；此外，华北各地还盛产印度南瓜，肉质粗劣，只作牲畜饲料；北方一些地区还出产一种叫做麵交的南瓜，由于肉质粗糙，纤维极多，滚油爆炒后呈面条状，很是特别；至于还有一种叫做鼎足瓜的南瓜，虽在南北均可栽培，由于肉质极差，形状奇特，瓜蒂三足，瓜面美观，只能用做观赏，现在栽种的人已经很少了。不过，作为供品和展品，可称上等。

千禧之年，人寿年丰，家家张灯结彩，一派喜气洋洋气氛。闲暇无事，灯下赋诗一首，以慰思乡之情：

> 人归落雁后，
> 思发瓜蔓前。
> 举目清供图，
> 何处是故园。

植物王国的爱情与战争

据科学家统计，地球上的高等植物目前已知的有40多万种，其中绿色开花植物有20多万种，各种绿色的、非绿色的，不开花植物也有20余万种。它们共同组成了色彩绚丽的植物王国，给人类社会提供了富饶美丽的生活环境，养育了这个生机勃勃的世界。

"在天愿作比翼鸟，在地愿为连理枝。"白居易的一阕《长恨歌》，读来令人荡气回肠，刻骨铭心。它用比翼双飞的鸟儿和合抱生长的树枝形容坚贞纯洁的爱情，真是再恰当不过了。无论是天空的大雁，还是水中的鸳鸯，它们相亲相爱、形影不离，一旦丧偶，也就再不婚配，的确是很痴情专一的。同样，在植物王国也是如此。去过黄山的人大概都看到过，始信峰上有一对连理松，相偎相抱，连为一体，扶摇直上，郁郁葱葱，尽管人间世事沧桑、风云变幻，这对连理松却始终矢志不移，朝夕相伴，携手并肩，共同搏击风雨雷电，留下一段美丽神奇的故事。动植物界这种相亲相爱、相互依存的现象是很多的。

但是，动植物界和人类社会一样，并不全都是恩恩爱爱，鸟语花香。同样存在着弱肉强食，你死我活的厮杀和战争。

在热带丛林我就亲眼看到过这种触目惊心的景象。一棵擎天大树，被一种叫做"绞杀藤"的植物死死缠住，大树的树心被"绞杀藤"吃空，树叶已开始枯萎，死亡的命运已不可避免。而"绞杀藤"全然不顾他人死活，终日干着"忘恩负义"的勾当，非要把大树置于死地而后快。在植物王国里，类似"绞杀藤"这种无情无义的"寄生虫"是很多的。臭名昭著的菟丝子、大花草、槲寄生就是它们中的突出代表。春暖花开季节，荨麻茁壮生长，幼菟丝子偷偷摸摸地钻出地面用"吸根"穿透荨麻茎的表皮，拼命地吮吸养料，并且用长长的细丝将荨麻五花大绑，恣意蹂躏。当"吸血鬼"吃饱喝足，便爬到荨麻的头顶吐蕊扬花，生儿育女，可怜的荨麻却面黄肌瘦，悲惨地死去。大花草较菟丝子则有过之而无不及。它把菌丝状的茎寄生在百粉藤的根茎上，拉大旗，做虎皮，居然靠百粉藤流血流汗运来的食粮，吃得肥肥胖胖，举着直径1.5米左右，重达十几斤的花朵招摇过市，真是厚颜无耻。槲寄生似乎还有些恻隐之心，自己也长点绿叶，依靠阳光索取一些养料，但同时也把寄生根扎入山楂、苹果、柳树身上，不管人家是否同意，硬是巧取豪夺，把别人的养料和水分拿来白用，确保自己丰衣足食，繁衍后代。试问，天下哪有这般道理！至于我国南方的热带丛林中，还有更多的附生植物，虽然它们不像寄生植物那样，靠掠夺为生，而是攀附在别人身上，爬上高枝，自食其力，却也占尽风光，出尽了风头，阅尽人间春色，似乎也该知足了。

植物王国的绞杀与战争，的确令人心寒，但它毕竟是遵循着适者生存、强者发展这一条自然规律。这种规则

和规律是不可抗拒的。而且，正是由于这种规则和规律，才保持着自然界的生态平衡。优胜劣汰，使我们生存的这个地球才得以丰富多彩，生机盎然。在北京的天坛公园，我曾经看到过槐树和杨树共生而相依为命的动人景象。在怀柔红螺寺，我也曾看见过一棵已有700多年历史的紫藤缠绕在一棵古松身上，紫藤繁花似锦，古松郁郁葱葱，二者亲密无间，曾被多少游人流连赞赏，曾被多少诗人吟诵歌唱。所以，植物界的绞杀也好，恩爱也好，似乎都不值得大惊小怪，也不必进行太多的谴责。真正令人吃惊和愤然的却是我们人类社会太多太多的"绞杀"和"战争"。

只要有欺强凌弱，只要有利欲熏心，只要有侵略掠夺，只要有贪婪成性，我们这个世界便永无安宁。古人说："鸟栖于林，犹恐其不高，复巢于木末；鱼藏于水，犹恐其不深，复穴于窟下。然而为人所获者，皆由贪饵故也。"不知耻者，无所不为。在倡导尊重人权，弘扬社会文明的现代社会里，目睹种种丑恶之怪现象，难道不该全民共讨之，全球共诛之吗？

人无贵贱，国无大小，都拥有属于自己的那一份空气、阳光和水分，都享有平等的自由、民主和权利。"己所不欲，勿施于人"，不要把自己的幸福建立在别人的痛苦之上。在力所能及的情况下，多给别人一点温暖，一点宽容，一点帮助，我们这个世界会变得更加美好。然而，令人十分痛心的是，"朱门酒肉臭，路有冻死骨"的悲惨景象，在许多地方依然还在发生着，大有愈演愈烈之势。

草木无情人有情。从植物王国的"爱情与战争"中，人类总该会受到一些有益的启示吧！

走进西双版纳

在祖国西南边陲，有一片美丽的土地叫西双版纳。勇敢善良的傣族同胞世世代代在这里繁衍生息，形成了独特的生活习俗和文化传统。一首《月光下的凤尾竹》深情细腻地描绘了西双版纳的风情，传遍祖国四面八方，在人们心中激起美好的向往。怀着炽热的眷恋，我终于有机会踏上那片令我魂牵梦绕的地方。

我落脚在西双版纳椤索河畔的葫芦岛上，这是我国著名植物学家蔡希陶先生曾经生活、战斗的地方。当年，他带领一些年轻科技人员用斧头、镰刀劈开荒原，在荆棘泥泞中开拓出一条道路，在野兽出没的荒岛上安营扎寨，以茅屋避雨，以煤油灯做伴，用鲜血和汗水播种青春和理想，经过数十年艰苦奋斗，终于把一个人迹罕至的荒岛建成了一个学科门类齐全的热带植物科研基地。如今，当你走进葫芦岛，满眼都是奇花异草，果树雨林。南国的椰子、柚子、芒果，举手可摘；郁郁葱葱的橡胶林，无边无际。从世界各地引种的珍稀植物，长得枝繁叶茂，花团锦簇。尤其是植物园精心保护建立的残存热带雨林，分布着二千多种当地高等植物，有很多是我见所未见，闻所未闻的。例如，有一种叫做"见血封喉"的箭毒木，树干高大，叶片宽长，割破树皮，流出白浆，与烟草掺和，涂上箭头，射人人死，射兽兽亡。从前，傣族人常用此来狩猎，或抵御外敌的入侵，听了不免叫人"谈树色变"。

植物界也有战争。在热带雨林中我亲眼看到一种叫做"绞杀树"的寄生藤。它伸出几十条魔爪，将参天大树死死缠住，把长长的根须扎入大树树心，贪婪地吸取营养，自己长得粗大肥壮，一副洋洋得意的样子；而那棵大树，却形容枯槁，面黄肌瘦，只留下一具空壳，最终只有死亡。然而，也有壮志凌云、天不怕地不怕的"望天树"，异军突起，在敌人的围堵封杀中昂首挺胸，直插云霄，令寄生藤敬而远之，它朝迎旭日，暮送落霞，大有唯我独尊，一览众山小的英雄主义气概。

"绞杀"也好，"望天"也好，千姿百态的鸟儿却轻歌曼舞，把这里看做它们幸福的乐园。孔雀开屏，百鸟啼唱，用艳丽的色彩装点美好的生活，用欢乐的歌声赞美西双版纳的富饶。

在这里，有神秘的大象，有成群结队的野牛，有顽皮可爱的猴群，有奇特珍稀的动物，蛇虫鱼兽，与绚丽多彩的自然环境和谐共存，为人类社会增添了无限生机。只要你走进西双版纳，走进葫芦岛，就会深切地体验到大自然的丰厚馈赠，可以尽情享受醉人的芳香。

我们不该忘记，是勤劳善良的傣族和少数民族在这里世代耕耘，他们与汉族和睦相处，共同营造了可爱的家园；我们不应该忘记，是像蔡希陶那样的科技工作者，为改善人类的生态环境倾注了他们的毕生心血，付出了巨大的代价，甚至有的人献出了宝贵的生命。在植物园的一棵龙血树旁，我怀着十分崇敬的心情拜谒了蔡希陶先生的墓地。站在墓碑前，凝视着他庄重的神情和慈祥的面容，我仿佛听到他在娓娓诉说着开发葫芦岛的往事，他的目光穿过茫茫林海，投向远方。椤索河在静静地流淌着，西双版纳的黄昏显得那样静谧而安详。伴着鸟声的啁啾，我情不自禁地哼起一首歌：

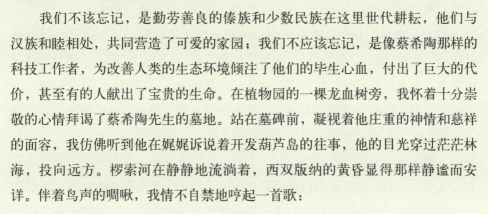

> 啊　美丽的西双版纳
> 令我梦绕魂牵的地方
> 踏着椤索河的涛声
> 我要纵情为你歌唱……

台湾槟榔

我生在北国，长在北国，从来没有看到过槟榔树，更是没有吃过槟榔。尽管南方人对嚼槟榔总是津津乐道，我却不以为然，也从来不为所动。

1998年中秋节前夕，我有机会访问祖国的宝岛台湾。10天行程，足迹遍及全岛，所到之处，随时可见市井街头排列着精巧玲珑的槟榔屋，店号名牌花样繁多，令人目不暇接。什么"二妹子""哥再来""嘟嘟""美美"等，不一而足。至于槟榔的品种，有白灰、红灰数种，常用新摘下的槟榔叶包裹。据陪同的台湾朋友赖士焕先生介绍，不同的槟榔，口味各异，但都有一个共同的特点，只要放在嘴里细细咀嚼，过一会儿就会浑身发热，疲劳顿消，精神也为之兴奋异常，有一种莫名的快感。赖先生的介绍不免使我们馋涎欲滴，跃跃欲试。就在这时，为我们开车的司机王先生将汽车戛然停在一座槟榔屋下，跳下车为我们每人买了一盒上等槟榔，非要我们尝尝不可。盛情难却，我大口大口地咀嚼起槟榔来。

顿时，一股强烈的麻辣和苦涩味直冲喉管，渐渐地，我感觉腮帮有些麻木；继而，舌上略感微甜。细细咀嚼，甜味愈来愈浓，使人胃口大开。我禁不住又将一枚槟榔送入口中，如此3枚，竟觉周身发热，满口生香，回味无穷。当我才拿起第4枚欲送进口中时，赖先生突然摇手阻止：初尝槟榔，是不能超过3枚的；不然，会受不了。我问原因，赖先生以台湾一首民谣作答："小屋坐着槟榔女，笑语甜甜腰身细，君尝青果切勿贪，不须三枚忘归期。"说着哈哈大笑起来，指着我说："郭兄，你已经吃过3枚了……"

　　随后，赖先生还告诉我，台湾槟榔驰名中外，已经成了台湾三大农产品之一。每年8月，正是收获旺季，无论在城市、在乡村，到处都有槟榔屋，里边坐着打扮时髦的少女；特别是在城郊公路两边，随时都会有汽车突然刹车，因为司机们要去买槟榔。其实，有时也未必就真买，只是为了看一看长得都很漂亮的槟榔女。她们大都是老板专门雇来招揽生意的，一个个穿得袒胸露臂，妩媚动人。据说，有的槟榔女一天就可以卖出价值1万台币（约合3000元人民币）的槟榔，收入相当可观。这些年，台湾吃槟榔的人越来越多，有的槟榔价格昂贵得惊人，一枚竟达50台币。在收获季节，槟榔从树上摘下后5天内必须加工完毕，否则就不能吃。所以尽管台湾槟榔产量大，仍供不应求，有时不得不从泰国等国家进口，但由于制作技术不过关，口味远不如台湾槟榔好。

　　在台湾埔里以南地区，槟榔树长得漫山遍野，乍一看颇似棕榈。槟榔树属常绿乔木，羽状复叶，叶尖呈截断状；果呈橙红色，长椭圆形，花萼宿存，花果芳香无比。为了满足消费者的需求，台湾不少地方乱开荒山种植槟榔，造成植被破坏和水土流失。1999年"贺伯"台风袭击全岛，许多地方因此而遭遇严重灾害，损失巨大。台湾农业部门不得不下令，严禁在坡度30度以上的山上种植槟榔。

　　然而，槟榔在台湾经济生活中所占有的重要位置却是无法被取代的。据说，到台湾南方谈生意，客人刚落座，就会有槟榔女端上一碟槟榔；如果客人婉言谢绝食用，主人就会觉得话不投机，生意会不欢而散。相反，只要你嚼上两枚槟榔，主人便会无话不谈，一下子拉短了距离，便很可能做成生意。也许，这就是日益盛行的台湾槟榔文化了。

　　离开台湾的那天，我不由地走向街头那座小巧玲珑的槟榔屋，买了两盒白灰槟榔。临别时槟榔女殷殷叮嘱我，当天吃完最好，过了夜就不好吃了。我一边点头，一边却在心里叫苦，我原准备带回北京，乘飞机绕道香港中途还得停留几天，这岂不是干了件傻事吗？此时此刻，我真期望两岸早日直航，让更多的大陆同胞尝一尝台湾槟榔的滋味……

科学之恋

——
郭日方散文随笔选

日月潭纪游

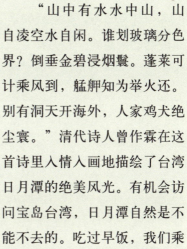

“山中有水水中山，山自凌空水自闲。谁划玻璃分色界？倒垂金碧浸烟鬟。蓬莱可计乘风到，艋舺知为举火还。别有洞天开海外，人家鸡犬绝尘寰。”清代诗人曾作霖在这首诗里入情入画地描绘了台湾日月潭的绝美风光。有机会访问宝岛台湾，日月潭自然是不能不去的。吃过早饭，我们乘坐一辆中巴自新竹出发，约3个时辰，就到达台中南投县的日月潭风景区。透过车窗，只见满眼青翠，群峦叠嶂，盘山路缠绕在青山绿水之间。时值8月，徐徐凉风迎面扑来，空气中弥漫着醉人的芳香。台湾的赖士焕先生笑着对我说：“郭兄是诗人，到了日月潭一定会诗兴大发的。”我连忙摇了摇头说道：“听说，只要去过日月潭，不是诗人也会成为诗人的。”满车人听了哄然大笑，赖先生也连连点头，表示赞同。接着，他向我们介绍了日月潭动人的传说。

据说，在很久很久以前，有一对仙女来到人间，她们在山里遇到两个砍樵的小伙子，见小伙子长得英俊健壮，忠厚老实，便自愿许配他们为妻。每天，小伙子上山砍柴，这对仙女姐妹在家织布做饭，他们相亲相爱，生活得十分甜蜜。不料，天有不测风云，有一天傍晚，狂风大作，山摇地动，潭底突然跃出一条巨大的蛟龙，拦住了砍柴回家的小伙子们，经过一番搏斗厮杀，两个小伙子被蛟龙吞吃。姐妹俩寻夫不见，每天站在山坡上哭喊着丈夫的名字，眼泪流成了湖水，仍不见丈夫的踪影。她们悲痛欲绝，最后双双跳进了深潭。山民们闻讯赶来，只见潭水一分为二，南半部形似日轮，北半部又像弯月，于是，就把龙潭改名为日月潭，还在仙女投湖的地方修建了两座草亭，起名为姐妹亭，以此纪念他们坚贞不渝的爱情。

当然，这只是一个神话传说。车上同行的地质学家老李一边赞扬赖先生的介绍很有意思，一边又滔滔不绝地给我们讲述了有关日月潭的地质变迁的知识。他说，祖国的宝岛虽然面积只有35700平方公里，但岛上海拔3000米以上的高山却有62座，其中3500米以上的山峰就有23座。玉山海拔3995米，是我国东南部的最高峰。日月潭是玉山和阿里山山涧断裂盆地积水而成的湖泊，200多年前，还鲜为人知，后来被一位进山狩猎的老人发现。作为高山天然湖泊，它是台湾岛最大的一个，面积达7.7平方公里，水面海拔740米，水深30多米，盛产鱼虾。这里冬无瑞雪，夏无酷暑，尤其是到了秋天，漫山层林尽染，花团锦簇，蜂飞蝶舞，百鸟争鸣，时而细雨霏霏，时而丽日融融，山影绰绰，绿水盈盈，山中有水，水中有山，朝晖夕阴，变幻不定。入夜，云走月移，遍地银辉，漫步湖滨，确有羽化而成仙之感。如果时间允许，我们在湖滨饭店住上一宿，欣赏一下日月潭的夜色，恐怕大家不光是诗人，还真的能体验一下神仙是什么滋味呢！

老李的话还未落音，不知谁大喊一声："快看，日月潭到了。"我们一齐把目光移向窗外，只见濛濛烟雨中，群山环抱着一湖碧水，沿岸的绿树垂向湖面，在风的吹拂下轻轻拨动湖水，荡起层层涟漪。有几只游艇缓缓驶离码头，向着湖心的光华岛驶去，环湖公路如玉带般缠绕着这块翡翠。在烟雨中高高耸立的远山，仿佛是披着薄薄轻纱的美人，静静地俯瞰着湖边的楼台亭阁。不一会儿，云开雾散，镶着金边的云层里透过几道日光，映照得湖面浮光耀金，错落有致的寺庙更是金光闪闪，将满山绿树衬托得水洗一般青葱可爱。此时此刻，我真的想到古人说过的一句话："人在图画中，其实不错。"能有机会亲临被称为天下名湖的日月潭，真是三生有幸。

我们只顾陶醉，赖先生又指着湖心的光华岛打开了话匣子。他说："可不要小看这个光华岛，虽然它的面积只有1公顷，它的心胸却装着整个台湾，系着千家万户。青年男女结婚，都要先来日月潭拜祭湖边的玄奘寺遗骨，然后双双登上光华岛，在树枝上系上同心锁，并向姐妹亭许下心愿，以表达对爱情的忠诚。日月潭之所以名扬天下，这个小岛功不可没。在座的各位谁要喜结连理，我甘愿效犬马之劳，送你们再来光华岛！"一席话，又引起一阵哄堂大笑。

由于访问台湾的日程安排得太紧，我们未能在日月潭夜宿，留下一个遗憾。为了纪念这次难忘的旅行，在返程的汽车上我草记了两首短诗，附录于后：

游日月潭遇雨

玄奘寺下水如天，
雨丝片片入画船。
山色空濛烟波阔，
疑将龙湖作广寒。

泛舟光华岛

龙柏古楠吐幽香，
湖山楼台映霞光。
番家杵声隐隐闻，
扁舟轻摇入梦乡。

人生况味

一年好景君须记，
正是橙黄橘绿时
印川方写

渡过黄河

六年的中学生活，在人生的旅途上也许是短暂的，但它在我少年心地上播下的友谊和温馨，播下的追求和向往，播下的知识和智慧，却是这样长久地留驻在我的生命里。而且，随着岁月的流逝，那一幕幕往事便愈加清晰地浮现在我的眼前。

渡过黄河

我是以"备取生"的成绩考入本县第一中学的。如果不是有人放弃入学机会，我很可能不能顺利升入初中。所以，当我终于接到录取通知书时，那股高兴劲儿就甭提了。当然，我也暗下了决心，到了中学，一定得混出个样来，别让人家瞧不起。备取生又怎么样？还不就是一次考试吗?! 谁高谁低，咱们走着瞧吧!

带着这种不服气的心理，我跨进了原阳县第一中学的校门。学校离家35华里，我只能住校就读。生活自然是清苦的。每月伙食费7元5角，偶尔才能吃上一顿肉。每天的课程都排得很满，从早晨6点到晚上9点，几乎没有个人自由活动的时间。尽管如此，我并不觉得很苦。相反，一直为自己能够获得这一次上学机会感到庆幸。所以，三年的初中生活，我的学习是勤奋刻苦的，我的思想是积极进取的，很快加入了青年团组织。然而，初中即将毕业时，我面临严峻的现实。全校初三毕业生共12个班，本校高中只招生两个班，而该校又是全县唯一的中学。怎么办？经过再三考虑，我决定离开母校，离开本县，渡过黄河，去开封市上高中。当然，这除了因为本校招生少，我还有另外一个强烈的愿望，"好男儿志在四方"，外边的世界究竟有多大，我要亲自去看一看。

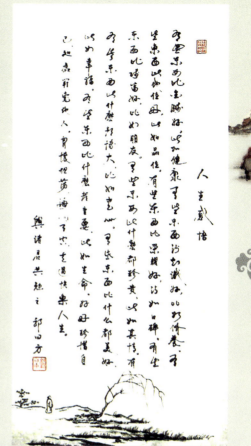

决心已下，我就约好同班的好友贾振川，打点行装上路了。时值7月，天气炎热难熬。我们背着行李，举着雨伞，冒雨向开封进发。县城距黄河渡口约有70余华里路程，当天渡船一般在上午10点左右起航，无论如何我们是赶不上船期的。为了第二天能及时过河，我俩日夜兼程，整整走了一天。天快黑了，雨越下越大，我们踩着泥泞的道路，撑着雨伞，艰难地向前走着。炸雷震耳欲聋，闪电划破长空，像雷公挥舞的长鞭，驱赶着野马般奔腾的乌云。风刮得很紧，雨伞也无法使用了。好不容易来到了一个村庄，看见路边一家门口

透出微弱的灯光，我们便敲门求宿，一位好心的老大娘看见两个十四五岁的学生，问清来由，伸出热情援助之手，让我们就住在她家里，并给我俩做了两大碗热汤面条，驱退了疲劳。这一夜，我们睡得很香。第二天一大早，就拜谢老大娘赶赴渡口去了。

雨小了，却仍然淅淅沥沥地下个不停。也许因为那年雨水大的关系，加上又是汛期，黄河咆哮奔流，浊浪排空，一望无际，惊心动魄。这种时候，船工往往因为船小浪大不敢开船。一条十几米长的木船，在辽阔苍茫的河面上，犹如一枚树叶，随时都有覆没的危险。黄河岸边的乡亲们都知道，多少人就是在渡河时被洪水卷走的。然而，为了追求生存的权力，为了寻觅生活的希望，即使冒着生命危险，也不能望而却步。那天，按说，那样大的风浪是不好开船的，当我们说明来意，并且一再央求，如果当天不能过河，今年的考学便成泡影。老艄公居然开口笑道："孩子们，上船吧！"

小船在风浪中飘摇，小雨在船舱里唱歌。一个大浪打来，小木船在河心转了一个180度的圆圈，然后疾速地顺流而下，一个多小时颠簸、搏斗，我们终于到达黄河南岸。当我像落汤鸡似地走下渡船时，也不知是泪水还是雨水，从面颊下簌簌而下。我猛地扭过头来，向仁立甲板挥手告别的老艄公，深深地鞠了一个90度的躬。

登上黄河大堤，又冒雨南行25华里，天黑时分，终于看见开封上空明亮的灯光。

走上山路

我以优异成绩考入开封市第一中学。那一天，当我踏着落日的余晖走进学校大门时，突然从心中升起一种莫名的愁绪。那黄河北岸的故乡，一望无际的绿野，那夕阳下闪耀的波光帆影，如今已渐渐隐入暮色，离我是那样遥远了。

开封是一座美丽的古城，许多建筑仍保留着宋朝古都的风貌。我们学校就坐落在著名的风景区包府坑湖畔，离开封西城门只有10分钟的路程。我和同学们常常三五成群，沿着湖畔欣赏那迷人的晚霞夕照。尤其是秋天，当满湖的芦苇在秋风中漂白了一头银丝，如泣如诉地向落日挥手告别时，有一种悲壮而深沉的美，让人浮想联翩。有时，会突然惊起几只野鸭，扑啦啦，打断你的思绪，你的目光会不由得随着它们移向天边。

是的，进入高中，仿佛我长大了许多，也变得成熟了。反右斗争的疾风骤雨，大跃进的熊熊烈火，使我们过早地领悟了人生世界，并不像我小时候想象得那样单纯天真，日丽风清。我的性格内向，初中时同学们都说我腼腆得像个女孩子。然而，高中如火如荼的生活，使我逐渐变得开朗起来。建筑工地的夯声，炼铁炉前的炉火，水泥厂的粉尘，麦田里的汗水，磨炼出我坚毅倔强的个性。无论干什么事情，我都不肯轻易认输，总要想办法跑在别人前边。我给自己规定了这样的信条：认定目标，锲而不舍，终会功成名就；丧失信心，半途而废，必将一事无成。

这时，我和许多同学一样，开始思考未来，开始设计人生。初中时那种天真烂漫的幻想，渐渐地收拢、凝聚，化作一朵美丽多彩的流云，飘荡在理想的天幕上。我决定在文学的山路上向上攀登。

我从小喜爱民歌民谣，五岁时开始背诵唐诗。迷人的山野风光，黄河的涛声帆影，孕育了我心中诗的幼芽。我尤其喜爱地方戏曲，无论是在乡下，还是在城里，只要有豫剧演出，我肯定要去看。高中三年，几乎每个礼拜六晚上我都要到相国寺去看戏。在笑声和眼泪中陶冶我的情感，孕育我的气质，积累我的语言。我喜欢绘画和音乐。在组建开封市中学生文工团时，我居然被录取为吹笛手。平时，为了加强语言训练，我坚持摘抄文学名著，直到今天，我仍保持着摘记卡片的习惯。回想起今天我所走过的道路，我要特别感谢高中时引我上路的语文老师毕景甥老师。他个子不高，体重80多斤，虽然只有30多岁，眉宇间皱纹深深、头上已经秃顶。走起路来微微驼着脊背，俨如一位年过花甲的老人。然而，只要他一登上讲台，眉飞色舞，口若悬河，有一种摄人心魄的魅力。有时，他还约请我们到他的宿舍，忘情地为我们朗诵他的诗作。他是一位出色的朗诵家。朗诵时摇头晃脑，表情多变，声音洪亮，节奏铿锵，吟到动情处时，能使人潸然泪下。我被毕老师的文学功力深深地打动了。我觉得文学真是一个美不胜收的天地。我明知文学之路是那样崎岖坎坷，也决心不惜一切登上峰巅，去领略那里的一派大好风光。

于是，我开始向报社投稿。然而，除了本校的宣传材料偶有选用外，正式出版物几乎是每投每退。我并没有灰心，我坚信自己可以成功。高考前，全开封市中学进行一次预考演习，我的作文成绩名列全市第一名，这更加坚定了我的信心。当然，这种成功的愿望，只有后来我考入大学中文系才得以实现。我的第一首诗发表在1963年11月15日的《郑州晚报》副刊上。

从此，我走上了文学之路，至今，仍在这条山路上艰难地攀登。

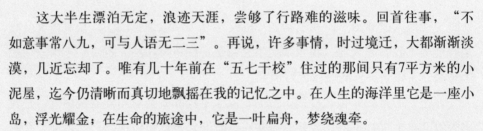

小 泥 屋

　　这大半生漂泊无定，浪迹天涯，尝够了行路难的滋味。回首往事，"不如意事常八九，可与人语无二三"。再说，许多事情，时过境迁，大都渐渐淡漠，几近忘却了。唯有几十年前在"五七干校"住过的那间只有7平方米的小泥屋，迄今仍清晰而真切地飘摇在我的记忆之中。在人生的海洋里它是一座小岛，浮光耀金；在生命的旅途中，它是一叶扁舟，梦绕魂牵。

　　说它是小泥屋，名副其实。没有一块砖，一块土坯，甚至一扇窗户。墙体用烂泥堆砌而成，屋顶厚厚地盖了一层麦秸泥灰，仅有的一扇门又低又矮，人进门要低头弯腰。屋内潮湿阴暗，关上门一片漆黑，逢阴天下雨，地面可以渗出水来。据说，这小泥屋原本是劳改农场的一个禁闭室，劳改犯如果违犯场规，就要根据情节轻重，在这里闭门思过。短者3天，长者数日。后来，劳改农场停办，场部的七八间茅屋和这小泥屋便闲置下来，直到我们来办"五七干校"，这里才又热闹起来。屋少人多，初来时只能打通铺，七八间草房被塞得满满当当。女同志人少，住了两间，其余都被男同志占领。男女住的房间共用一道山墙，中间还有通气孔，可以互相通话，打呼噜说梦话的声音都听得清清楚楚，只是苦了夫妻双双都在干校的同志，白天相见，夜晚分开，可望而不可即。一些女同志互相开玩笑说，这叫"望郎兴叹"，倒也十分有趣。

　　那小泥屋除了堆放一些农具，看来别无用处。没有想到，几个月后，它竟成了干校的"鸳鸯旅馆"，装满了一连串令人啼笑皆非的故事。更没有想到，这小泥屋接待的第一对年少夫妻就是我和爱人小刘。

一个风雨如晦的黄昏，我踩着泥泞的道路返回住地。刚刚放下铁锹，就听见校长老杨大声地喊我："小郭，你看谁来了？"我扭头一看，大吃一惊，差一点晕了过去：

"哎呀，你怎么来了？"

"我要出国工作四年，部领导让我来看看你。"小刘绯红着脸，笑出了两个酒窝。

"坐，坐。"我结结巴巴的，不住抓耳挠腮。其实屋子里根本没有可坐的凳子。

杨校长见我们有些窘迫，连忙说："你们先洗洗脸，休息一下。晚上就凑合住在那间小泥屋吧，我已经派人收拾干净了。"

"老杨，这怎么可以，违犯学校的规定。"嘴上虽这么说，心里却对校领导充满感激之情。小刘羞涩地把头低到了胸前。

晚饭过后，我们挨着房间向学友们分发了小刘从北京带来的"喜糖"，自然又是热闹一番，然后，就被大家推推搡搡塞进了那间小泥屋。

干校的夜色静谧而又美丽。阵雨过后，空气格外清新，阵阵夜风送来扑鼻的花香，月牙穿过云层，洒下淡淡清辉，勾勒出眼前那一排草屋的轮廓。蟋蟀、纺织娘的叫声忽远忽近，时断时续，偶尔听见远村几声犬吠，不免使人油然生出身在异乡的空寂之感。小刘和我并肩坐在刚刚铺好的木板床上，她把头靠在我的

胸前，默默地凝视着小方凳上昏黄如豆的煤油灯光，似乎眼里盈满了泪水。她的身子在微微发抖。

"你怎么了？"我低头悄声问道。

"我也不知道。"她的身子靠得更紧了。

"能住几天吧？"

"不，明天就得走。母亲病了，我还得去广西去看望一下她老人家。我这是中途下车，明天要赶到信阳。"

她的声音很低、很细，充满着柔情。她还告诉我，这次到非洲去，给中国专家组当翻译，由于交通不便，恐怕要很长时间无法通信。

我的心也在颤抖了。远处又传来低沉的雷声，暴风雨就要来了。我们吹熄了灯，听见噼噼啪啪的雨点敲打着屋顶，不知从哪里窜来的耗子在墙角打架，更可恶的是，那些嗜血如命的蚊子，全然不顾我们"小别似新婚"之喜，竟"振振有词"地趁热打铁，在我们脸上身上扎出累累隆起的疱块，令人疼痒难熬。但是小刘太累了，偎依在我的怀中睡得那样香甜。我一边为她轻轻摇动扇子，一边谛听着雨水嘀嗒嘀嗒敲打树叶的声音，不禁想起唐朝诗人温庭筠的诗句："梧桐树，三更雨，不道离情正苦。一叶叶，一声声，空阶滴到明。"

第二天，她就赶回信阳，不久，便飞往非洲去了。记得，她从非洲荒原寄给我的第一封信，曾经肝肠寸断地诉说别离之苦，还说，如果两年后回国探亲我还在"五七干校"的话，她还渴望同我在那小泥屋鸳梦重温。

不过，一年后我便奉调回到北京。多年来，我经常在国内外出差，住过不少豪华宾馆。有一次住在美国华盛顿专门招待各国元首的布莱尔国宾馆的豪华客房里，凝望着庄严雄伟的白宫和远处的万家灯火，我总觉得这一切距我是那样遥远，恍如梦幻。而万里之外，大别山下摇曳着如豆灯火的那间小泥屋，仿佛就在眼前，是那样真实。

如今，那小泥屋也许早已坍塌，但是，它留给我的温馨和思恋，却是久远的、绵长的，时时都在我心灵的一隅散发着乡野醉人的泥土气息。

小　雪

　　几十年过去了，我始终没有忘记小雪。我知道，这一辈子我都不会忘记她的。

　　第一次见到她，是在"五七干校"的井台上。干校只有一口水井，紧挨着池塘。有一天，突然发现井水混浊不堪，夹带着腥臭味。估计是因为井壁外侧出现漏洞，造成塘水渗灌所致。我是后勤班长，尽快修好水井，保证全校用水，责无旁贷。时值寒冬腊月，零下十几摄氏度的气温，池塘冰层很厚，潜水补井的困难可想而知。但是，对于"无限忠于毛主席"的"五七战士"来说，这点困难又算得了什么！于是，我们用铁镐凿开冰层，五六个小伙子穿着短裤，轮番潜入水底，用水泥砂浆封堵漏洞。那种"下定决心，不怕牺牲，排除万难，去争取胜利"的精神，的确是挺感动人的。当我第三次从水底浮出刚刚跳上井台时，掌声和喝彩声响成一片，有的人还喊出了"向'五七战士'学习，向'五七战士'致敬"的口号。就在我刚刚从老校长手里接过棉大衣时，从他身后突然跑过来一位十六七岁学生模样的姑娘，双手递过一瓶"信阳特曲"，一个劲儿地说："叔叔，快喝几口酒暖暖身子，要不，会感冒的。"

　　我的脸一下子红了起来，烫烫的。要知道，我才不过20多岁，哪有资格当她的叔叔啊。话虽这么说，心里还是甜甜的。我接过酒瓶，咕咚咕咚，连喝几口，抹了一下嘴唇，顿感身上暖和了许多："姑娘是新来干校的吧，我怎么不认识你呢？"我有点结结巴巴地问她。"这是我的女儿，来干校过春节，今天才到罗山。"没等姑娘开口，老校长朗朗地笑着回答，脸上带着几分得意

的神情。

"叔叔，我叫小雪。这不，刚到罗山，就下起小雪来了。"她说着，便咯咯地笑了起来。

也许是穿着棉大衣的关系吧，我压根儿就没有感觉出来天在下雪。这时，才抬起头来望望天空，只见天幕低垂，北风夹着碎碎的雪粒打在面颊上，凉凉的，我不由得又打了一个寒噤。

"扑通！"又一个小伙子跳进了池塘。只见小雪弯下腰，目不转睛地盯着湖面，垂在胸前的两条长辫子任凭寒风吹卷起来。侧面看上去，姑娘鼻梁高高的，睫毛长长的，身材条条的，高挺着胸脯，天生一副舞蹈演员的样子。

我的眼光不错，听徐校长说，小雪从小喜欢跳舞，还有一副好嗓子。在学校，老师和同学们都叫她"百灵鸟"。逢年过节，她的歌舞节目总是最受欢迎的。徐校长还说，过几天，干校将正式成立"毛泽东思想宣传队"，利用春节到周围的村庄巡回演出，就让小雪也参加，算是个"编外队员"吧！

小雪一听，高兴地跳了起来，还俏皮地向我眨了眨眼睛。

自从井台初次相识以后，我们就经常见面了。成立宣传队时，我是笛子独奏演员。晚上排练节目，她总是来得最早，走得最晚。扫地，打开水，收拾道具，她都抢着干。为了向全校进行首场汇报演出，她自告奋勇报了一个节目：独舞，芭蕾《白毛女》，演的是"北风吹"那一段。杨白劳外出躲债，喜儿在家对镜梳妆，等着父亲归来高高兴兴过个年。小雪舞步轻盈，模样俊俏，两只大眼睛犹如一汪深潭，总漾起甜甜的微笑。当她踮着脚尖，旋转着苗条的身姿，将系着红头绳的卷曲的发辫轻轻甩起时，如同仙女一般美丽动人。记得汇报演出那天，天上飘着小雪，干校的大操场里坐的满满当当的。当小雪以银铃般的歌声唱道："我盼爹爹回家转，欢欢喜喜过个年"时，台下掌声雷动，经久不息，有的女同志还掉了眼泪。

最使人难忘的，还是春节那天，小雪随演出队到附近一个村庄慰问演出。傍晚，又飘起小雪花来了。天空阴沉沉的，灰蒙蒙的，巍峨挺秀的大别山隐没在雪雾之中。田野混沌沌的，简直叫人分辨不出何处是天，何处是地。演出队的汽车在雪原上飞驰，大家站在敞篷汽车上，一路高唱着"向前、向前、向前，我们的队伍向太阳……"等革命歌曲，满怀豪情地向着偏僻的山村进发。那个年代，罗山县没有一个剧团，乡亲们一年到头看不上文艺演出。干校宣传队的到来，无疑就像雪中送炭，使整个小山村都沸腾了。人们奔走相告，顶风冒雪要来观看演出。乡亲们要求不高，一段快板书，一段豫剧清唱，就能赢得长时间的掌声。每场演出，小雪的独舞都是压轴戏。这天，又是大年初一，小雪演的格外带劲儿。在纷纷扬扬飘着雪花的露天剧场里，小雪以百灵鸟一样婉转动听的歌喉，唱了一曲大家都很熟悉的《红梅赞》，令全场观众都为她欢呼，为她喝彩。尽管小雪一再谢幕，热情的乡亲们还是一个劲儿地鼓掌。掌声犹如滚滚春雷，漫过山谷，驱尽严寒，使山村溢满春的气息。演出结束了，一位老奶奶领着小孙子守着后台不愿离去，她说，非要看看演《红梅赞》的姑娘。小雪闻讯赶忙跑过来，老奶奶拉着小雪白白嫩嫩的手，从头看到脚，嘴里一个劲儿地"啧！啧！""看人家城里的姑娘，长得多俊！嗓子脆凌凌的，就像画眉鸟儿一样，多好听呀！"老奶奶一个劲儿地夸奖，小雪倒不好意思起来，只是说："奶奶，我唱得不好。"老奶奶把嘴一撇，用一只手轻轻抚摸着小雪的手背："敢情好！妮儿啊，奶奶啥时候想听歌呀，我就到'五七干校'来找你，中不？"小雪连连点头："中！中！咋不中呀！"老奶奶这才拉着小孙子依依不舍地离去。

但是，过了春节不久，小雪却在元宵节那天夜晚，突然走了，永远不再回来了。噩耗传来，我只觉得天旋地转，如同五雷轰顶。"天啊，这是怎么回事啊！"我不顾一切地冲出房门，冲向田野，望着罗山县城上空乌云密布的天空，整个天空仿佛都要塌下来了，空气也凝结了，白茫茫的田野死一样的寂静，只有棉絮般柔软的雪花在静静地飘落，落在面颊，落在额头，与泪水一起潺潺地流了下来。

在追悼会上，徐校长泣不成声地叙述着小雪猝死的经过：

"都怨我，真的，都是怨我。孩子她妈知道我血压高，身体不好，干校正在筹建，工作忙，春节不能回京，就让小雪来看看我。孩子来了不到一个月，我白天黑夜忙，连抽空和孩子谈谈心都没有来得及。过元宵节，她说要到县城买点儿汤圆，父女俩好好团圆一下，她就该回北京了。万万没有想到，她同小伙伴们在县城多吃了几个元宵，竟会引起胃穿孔，县里的医院又误诊为肠胃炎，给耽误了。孩子临死的时候，一边叫着爸爸，一边喊着想见妈妈，我，我这个爸爸没有当好啊！我对不起孩子，对不起孩子，又怎么向她妈妈交代啊！"徐校长一边说，一边哭，实在是说不下去了。大院里一片啜泣声。我的身体也在剧烈地抽动着，任凭连串的泪珠从面颊上滚落下来。

追悼会后，干校将小雪的遗体安葬在校外的一座山坡上。

1970年春天，我奉调出国工作。临行前，还专门来到小雪的墓前敬献了一束金灿灿的迎春花，含着眼泪为她唱了一首她最爱听的《红梅赞》：

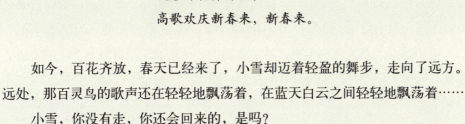

> 红岩上红梅开，
> 千里冰霜脚下踩，
> 三九严寒何所惧，
> 一片丹心向阳开，向阳开。
> 红梅花儿开，
> 朵朵放光彩，
> 昂首怒放花万朵，
> 香飘云天外，
> 唤醒百花齐开放，
> 高歌欢庆新春来，新春来。

如今，百花齐放，春天已经来了，小雪却迈着轻盈的舞步，走向了远方。远处，那百灵鸟的歌声还在轻轻地飘荡着，在蓝天白云之间轻轻地飘荡着……

小雪，你没有走，你还会回来的，是吗？

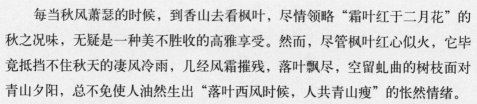

樱桃沟的春天

每当秋风萧瑟的时候，到香山去看枫叶，尽情领略"霜叶红于二月花"的秋之况味，无疑是一种美不胜收的高雅享受。然而，尽管枫叶红心似火，它毕竟抵挡不住秋天的凄风冷雨，几经风霜摧残，落叶飘尽，空留虬曲的树枝面对青山夕阳，总不免使人油然生出"落叶西风时候，人共青山瘦"的怅然情绪。

香山的春天却是充满生机、热情蓬勃的。每年冰雪消融时节，我都要捷足先登，扑向大山深处，去寻觅春的讯息。樱桃沟、卧佛寺一带，是我经常流连忘返的地方。据说，这一带曾留下文学大师曹雪芹的足迹。当年，他徜徉在青山绿水之间，常常迷醉而忘返，他以深邃的目光穿透封建社会那漫长而寒冷的冬天，热情地期盼着春天的光明和温暖。此刻，当樱桃沟的第一枝梅花"花吐胭脂，香欺兰蕙"时，曹老先生九泉有知，定会拂髯拈须，露出欣慰的笑容的。

一个风和日丽的星期天，我又踏上了去香山樱桃沟的路途。植物园的草坪刚刚泛绿，被秋风摇落的草木种子悄无声息地拱出地层，眼巴巴地瞅着迎春花蓬勃怒放。如少女般婀娜多姿的杨柳站在河边，垂下柔媚翠绿的柳丝对着明镜般的水面梳妆，天空是那样高远而湛蓝。缓缓飘动的白云或许是钟情于这片春光，缠绕在山头久久不愿离去。与严寒搏杀了一个冬天的玉兰树，终于在和暖的阳光下展开了笑颜。它使人想起"木末芙蓉花，山中发红萼""蕙兰有根枝尤绿，桃李无言花自红"的诗句。至于桃花、杏花、樱花、海棠花、丁香花，许许多多不知名的野花，更是耐不住寂寞，争先恐后地展露姿容，有的红得像

火，粉得像霞，白得像雪，散发着或浓烈、或甜淡的香味，招引来轻歌曼舞的蜂蝶，将春天装点得喧闹而热烈。

通往樱桃沟的小路更是喧闹异常。男女老少都脱去了冬装，各式各色的衣裳汇成一条彩色的河流。要说鲜艳，自然还数那些年轻漂亮的姑娘们了。她们一路欢笑，一路歌声，逗得小伙子们直愣愣的目光打不过弯来。孩子们就更是活泼可爱了，他们甩着小手，撅着屁股，喊喊喳喳地跑前跑后，汗津津的脸蛋儿红得就像盛开的桃花。老人们也眉开眼笑，不甘示弱，在儿女的搀扶下，一步步登上陡峭的石阶，还不时停下来环顾山中秀色，尽情享受大自然慷慨的抚慰。随着熙熙攘攘的人潮，不知不觉地我来到了樱桃沟深处的青年抗日纪念亭。只见苍松翠柏环绕的石壁前，站着一位身披婚纱的新娘，似笑还羞地挽着新郎的手臂，在纪念碑前合影留念。雪白的婚纱逶迤着拖向地面，薄如蝉翼，轻似云烟，将姑娘苗条匀称的身材衬托得格外迷人。小伙子穿着潇洒的西装，紫红色的领带垂在胸前，脸上洋溢着春日的光彩。当照相机的快门"咔嚓"响过之后，一个永远值得珍藏的记忆便深深地印刻在他们人生的旅途中。

"北京有很多婚纱摄影室，为什么你们偏偏要来这个地方照相呢？"我不禁好奇地问道。

"我们是从大西北来北京度蜜月的，听说樱桃沟的春天很美，我们已经拍了很多结婚照，这是最值得纪念的一张。"小伙子抬头打量了我一眼，似乎觉得我的问题有点奇怪。

"同志，你不知道，我们的爷爷当年就在这个地方打日本兵，听说有一年雪下得很大很大，爷爷的鲜血曾经染红了这片土地。"新娘快嘴利舌地补充说道。

"噢，那么你们……"我疑惑地接着又问。

"50年代支援大西北建设，我们的父母扎根边疆，如今都已经退休了。我们生在边疆，长在边疆，大学毕业后，就留在了边疆。这不，正好赶上西部大开发，度完蜜月，我们就要赶回去继承父业，投入西部开发了。"小伙子似乎比姑娘还要健谈。

听到"继承父业"几个字，我的心头咯噔一震，仿佛被重锤敲了一下。

凝视着石壁上那苍劲有力的碑文和郁郁葱葱的苍松，我似乎听到抗日战场此起彼伏的枪炮声，也仿佛看到威武雄壮的西部开发大军，风驰电掣般挺进沙海荒原，将樱桃沟的春色播进了那片热土。

不知什么时候这对新婚夫妇已经悄然离去。而我，却久久伫立在这满园春色中浮想联翩。是的，花开花落，年华更替，对春天美好理想的钟爱和追求却是永恒的。到了秋天，当漫山红遍、层林尽染的时候，桃李满枝，瓜果飘香，我一定还会再来樱桃沟。也许，那时摘几颗樱桃，放在舌尖，细细品尝，才能真正体会出香山春华秋实的甜美和韵味。

茅以升与桥

人生一旅途耳，其长百年。回首前尘，历历在目。崎岖多于平坦，深谷，洪涛，常赖桥梁渡。桥何名欤？曰，奋斗。

——茅以升

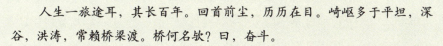

我国著名桥梁专家茅以升终生与桥结缘，一辈子修了多少桥，恐怕连他自己也数不清了。著名的钱塘江大桥、武汉长江大桥、南京长江大桥，还有很多很多的桥，就是他留给后人的杰作。他是一个爱国者，是中国知识分子的楷模，为了祖国的桥梁事业，他鞠躬尽瘁，死而后已。在94年的人生历程中，他用双手在大地上架起一道道彩虹，装点祖国江山；他的满腔热血浇铸了一座座坚实的桥墩，让连接理想和希望的道路，穿越深山峡谷，伸向远方。尤其值得敬慕的是，对于爱桥如命的茅以升来说，他总是把桥梁事业同祖国人民的命运联系在一起。众所周知，为了修建我国第一座现代化的钱塘江大桥，茅以升不知克服了多少难以预料的困难。江底的流沙和江面汹涌的怒潮，曾被外国专家认为是难以解决的问题，但是，在茅以升的努力下，钱塘江大桥只用了两年半时间，于1937年9月26日建成通车。新桥刚刚投入使用两个月，日军侵华的战火蔓延到了杭州，为了不把铁桥留给敌人使用，茅以升深明大义，从祖国人民的最高利益出发，又毅然决定于12月23日炸毁大桥，为抗日战争的胜利做出了重要贡献。新中国成立后，他又奉命率领筑桥大军开赴杭州，于1953年9月顺利完成了大桥的修复工作。至今，这座大桥还在为祖国的社会主义现代化事业送往迎来，辛勤地劳作着。

茅以升建桥、炸桥、复桥的故事确实令人感慨万千，值得我们永远铭记不忘。

茅以升在晚年曾说过这样的一句话："俗话所谓三十年河东，三十年河西。对于我来说，不管是河东，还是河西，都离不开搭桥、建桥工作。"在他担任全国政协副主席职务以后，仍然想的是"搭桥""建桥"，希望早日搭成通向现代化之桥，尽快建成祖国统一之桥。于是，在繁忙的工作之余，他写了大量科普作品。他说，科普就是传输科学技术的桥和船，先进的科学技术成果如果不向人民群众推广普及，就不能为社会所接受，变成改造世界的物质力量，也就不可能跨越科学研究与实际应用之间的那条河。茅以升曾经担任中国科普作家协会主席，他经常在家里接待来访的青少年朋友，给他们讲述科学知识。1982年，我应科学普及出版社广州分社的约请，写过一本儿童科学诗集，想请茅老题写个书名，没有想到他很快就写好了几幅，任我选择。这件小事给我留下极深的印象。茅以升热心传播科学知识的搭桥精神，是很值得我们永远学习的。

茅以升晚年很关心祖国的和平统一事业。1981年他提出在这座和平统一的"大桥"正式完工之前，海峡两岸的科技工作者可以各修一座"引桥"，开展多种形式的学术交流和访问。这一倡议得到中央的肯定，也受到两岸科技工作者的欢迎。现在，两岸科技交流蓬勃发展，规模越来越大，可以说，茅以升先生在生前，为设计修建这座引桥做出了不可磨灭的贡献。

桥的品格和精神是值得赞美的。茅以升先生终生献身桥的事业，给我们留下许多精神财富。就拿"建桥"这件事情来说吧，并非只有桥梁专家才能去做的，现实生活中其实有很多普普通通的小"桥"，只要你举手之劳就可以建成的。

有了全心全意为人民服务的精神，每个人都可以在桥的事业上贡献一份力量。人的一生要走很多很多的路，自然也要过很多很多的桥，别人在为你铺路搭桥，你也在为别人铺路搭桥，这大概就是我们常说的互相帮助吧。看到有人走路迷失了方向，伸手给他指点一下；看到有人遇到沟沟坎坎不敢前行，给他铺下一块木板。诸如此类的事情在现实生活中随处都可以遇到，每天都在发生，问题是我们有没有茅以升先生那种精神。"甘为人梯"这是一句中

国古话。"人梯"从现实上来说，也是一种桥。让别人从身上踏过去，实现自己的理想和追求，难道这不也是一种桥的精神？令人痛惜的是，在市场经济的洪流中，不少人恰恰是缺少这种桥的精神。在别人最需要帮助的时候，袖手旁观，漠然处之，以致到了麻木不仁的程度。更有甚者，在别人遇到困难时，不但不修"桥"，竟然"过河拆桥"，这难道不应该被谴责吗？

随着现代社会的进步和飞速发展，各种造型美观的梁桥、拱桥、悬索桥、钢架桥、开启桥、斜张桥、浮桥、立交桥展现在人们眼前，相映生辉，如彩虹般编织着人类生活的美好憧憬。

我相信，从大渡河泸定桥冒着枪林弹雨中，从永定河卢沟桥炮火硝烟中走过来的中华民族，必将同心协力，众志成城，修建起一座有中国特色社会主义的大桥，并昂首阔步走向幸福光明的新时代！

可敬的老人高士其

在人生旅途上，有许多坎坷，也有许多机遇。坎坷里蕴藏着机遇，机遇中蕴含着坎坷。无论是坎坷还是机遇，除了要靠自己的努力奋斗，去争取柳暗花明而一往无前外，恐怕谁都不会否认，他人的援助和提携，有时也常常会改变一个人的命运。

在我的人生旅途上，我曾经多次遇到这种情况。39岁时，我因胃癌手术在家休息一年。长期的化疗使我的体重下降到50千克，体质极为虚弱。再加上癌症至今还是没有被人征服的恶魔，能否最终战胜疾病，大家连同我本人都非常担心。

我承受着巨大的精神压力，常常诚惶诚恐地自问：我到底还能活多久？我还能重返工作岗位吗？我该怎样安排也许来日无多的时光？面对未来的命运，我真是一筹莫展。

1982年春节，我踏着厚厚的积雪，去拜访了我国科普创作的开拓者、科学诗奠基人——高士其老人。

高老和他的夫人金爱娣热情地接待了我。当高老知道我身患重病，并且喜欢文学创作时，他用颤抖的双手握住我的手，激励我进行科学诗的创作，还亲笔签名，送给我他的一本新作，勉励我多读好书。

凝望着高老那双炯炯有神的眼睛，我真是百感交集。是的，就是这位老人，半个世纪来，忍受着疾病的巨大折磨，在半身瘫痪的情况下，写下了几百万字的科普文章和科学诗，为丰富我国的科学文化宝库，做出了重要贡献。

崇高的理想和热情使他创造了奇迹。他自己常说："热情和困难成正比的时候，困难就消失了。"他是这样说的，也是这样做的。所以，他作为一个强者，成为中国知识分子学习的楷模。

榜样就坐在我的面前。想想自己的悲观消极情绪，真是羞愧得无地自容。更使我感动的是，当高老得知我春节后要回故乡看望80多岁的母亲时，还专门驱车为我送行。在车上，一再鼓励我振奋精神，克服困难，搞好科学诗的创作。

在高老的鼓励下，我决心迎着诗神的召唤，向死神宣战。我在一首诗里这样写道："不要气馁，不必踌躇，让我们一起走上那条美丽的山路。"从此以后，积极向上、美好乐观的热情凝聚笔端，像源源不断的泉水自胸中涌出，我在文学创作的道路上躬身前行，期望登上一个美丽的高峰。

当我的第一本科学诗集《唱给大自然的歌》问世时，高老亲自撰写了序言。他说我的科学诗"既有对知识的普及，又有对科学的讴歌；既有沿着历史线索对科学发展作出的高度概括总结，又有通过千姿百态不同学科领域挖掘的内在科学规律。"还赞扬我的诗"富有深刻的思想内涵，诗章中闪耀着哲理、警句、格言的光辉。""作为文学工作者从事科普创作，在短短的两年内就取得这样的成绩已经是难能可贵了。我们鼓励这种进取精神，并希望他在新的探讨中创作出更加优秀的科学诗篇！"

高老的鼓励语重心长，我怎敢稍有懈怠！此后，我一边治病，一边写作，许多图书荣获政府图书奖和省部级图书奖。在1990年6月召开的全国科普作家协会第四次代表大会上，我被授予"建国40年来成绩突出的科普作家"称号。经高老和中国作家协会书记处常务书记葛洛推荐，我于1986年加入了中国作家协会，先后出席中国作家协会第六、第七次全国代表大会，并担任中国科普作家协会副理事长、科学文艺委员会主任的职务。

现在，我还担任着中国科学院文联主席的职务，继续在为繁荣我国的文学艺术事业作出自己的努力。

悠悠岁月，在人生转折的重要关头，我之所以能够取得今天这样的成绩，应该永远记住曾经指引我冲破迷津，一步步走向光明的那位可敬的老人——高士其。

院士的情怀

曾庆存院士是我敬仰的一位科学家，也是我仰慕已久的一位诗人。多年前，我在《中国科学报》担任总编辑时就拜读过他的诗词，留下了深刻印象。后来，作家出版社出版了他的《华夏钟情》古典诗词集，我曾逐篇反复吟咏，爱不释手。这些年来，他疾病缠身，还承担着繁重的科研任务，却始终保持着豁达乐观的情怀，稍有余暇，便徜徉在青山绿水之间，将生活的珍藏酿造成芳香的诗句，令人感佩。几天前，他又把一本厚厚的古典诗词集《风雨晴明——华夏钟情续集》寄来，使人惊喜万分。没有想到，他竟嘱我为之作序，颇感惶惑。曾先生学识渊博，诗文修养极高，走进他的诗卷，犹如遨游于蓝天碧海，深邃辽远；又如仰望星空，广袤无边。后学浅薄，我岂敢为他的诗集作序。然而，对先生的嘱托我又深感却之不恭，只好勉为其难，写一点读书心得，企方家指正。

　　人生如诗，诗如人生。曾先生的诗歌题材浩繁，涉猎万象，可谓洋洋大观。这些诗篇，或托物言志，或触景生情，或浅吟低唱，或大气磅礴，都是诗人丰富多彩人生历程的真实写照。从江南水乡那低矮茅棚走出来的一个贫苦农民的儿子，在坎坷跌宕的人生旅途经历了太多太多的喜怒哀乐，尝尽了人世间说不尽的苦辣酸甜，最终，成为成就卓著的科学家。正是这种独特的人生经历，使他的诗篇不仅记录着生活的深刻体味，更折射出时代的光辉。读这些诗篇，与诗人一起品味历史，品味人生，品味生活，品味科学，犹如醇香醉人的美酒，让人回味无穷。

　　诗人的所有诗篇，都洋溢着对祖国、对家乡、对亲朋、对生活的炽热爱恋。鲁迅先生说过："诗是民族的声音。"高尔基说过："真正的诗，永远是心灵的诗，永远是灵魂的歌。" 以诗言志，借景抒情，志与情发自心底，唱出的是民族的声音，心灵的颂歌，这种真实情感与祖国和民族结伴同行，有一种震撼人心的力量。诗人在《偶成》中曾有这样的诗句"自吟言志亦言情，哪管谁家起共鸣。人世遭逢有知己，可能同气发同声。"诗人这是自谦。其实，凡是读过《华夏钟情》诗卷的人，都会被那真实滚烫的诗句所感染，并且引起强烈共鸣。诗歌的发展历史一再证明，那些抒爱国之志、民族之情的诗篇，虽经风雨沧桑，却世代流传，是永远不朽的，是有众多知音的。所以，读诗知人，"莫愁前路无知己，天下谁人不识君。"读先生的诗歌，不仅受到爱国主义精神的熏陶感染，而且，一位高大的爱国主义诗人的形象就伫立在我们面前。

　　有人说，诗人是美的发现者、创造者。诗歌是歌颂真善美的艺术。罗丹在他的《艺术论》中写道："美是到处都有的。对于我们的眼睛，不是缺少美，而是缺少发现。"发现美，追求美，创造美，是一切艺术家奋斗的目标。美，也是诗歌的特质和本质。曾先生的古典诗词中，有许多篇什无论是写人写事，还是状物写景，无论是意境还是语言，都处处散发着美的底蕴，常有叫人拍案叫绝的佳句。譬如《仲春》"一树梨花一团雪，半墙红杏半天霞。"《夜雨》中"轻拨万弦和协奏，天仙音乐落人寰。"这样的诗句如歌似画，耐人寻味，百读不厌。我以为，写好一首诗，除了灵感、构思、意境、想象、语言、形象和表现形式外，诗人的道德情感、理智情感和审美情感，应该有机自然地融合，因为，诗歌是诗人审美表现的结晶。感谢曾先生为我们奉献出这么多美的珍藏。

　　当然，由于每个诗人的个人经历，个人气质，世界观、人生观、价值观以及诗歌美学观念不同，不同的诗人的诗作就会有不同的风格和个性，读曾先生的诗作我突出感受到，从内容到形式已经形成他独特的艺术风格，这些诗作质朴浑厚，自然宁静，飘逸清新，字里行间焕发着先天下之忧而忧，后天下之乐而乐的浩然正气。这种独特风格的形成，固然与他生活的时代环境有关，更重要的是与诗人的人格、气质、思想、修养和长期的科研实践有着密切的关系。读他的诗作，我有一种"脱尽豪华见真淳"的感觉。

　　古人曰：文如其人。我以为，为文，当首先学会做人，文章才有气度，才有精神。为文、为书、为画、为人，需要长期亲近生活，苦其心志，磨炼内功。诗文大家，书画大师，其文品墨香，之所以出神入化，千古流芳，盖出于此也。今人习文习书习画，需汲日月之精华，养天地之正气，法古今之完人，方可臻于峻岭。

　　曾先生的诗品、人品都令我敬慕。他在科学与艺术方面的造诣为我们树立了学习的楷模。

　　科学与艺术都是创造性的劳动。都需要形象思维，需要灵感，需要长期付出艰辛的努力。我忠心祝贺曾先生在科学与艺术两个领域的探索中都取得丰硕成果，并期待他不断有新的收获。

如诗·如画·如歌

石梅的散文集《大千飞歌》即将付梓，嘱我作序，实在有些诚惶诚恐。20年前，她在《北京日报》当记者时，我曾拜读过她的许多散文、随笔和新闻作品，十分钦慕她的才气、学识和人文修养，我们还匆匆见过一面。此后，由于工作变动，就再也没有联系了。没有想到，2006年元旦前夕，在清华大学举行的一场"人民科学家颂"诗歌朗诵演唱会上，我们第二次邂逅，我才知道，这些年来她走了不少地方，还在坚持写作，陆续有新作问世。

几天后，我便收到她惠赠的《文化大家人生路》文集，是她追踪采访文化名人所写下的报告文学和人物通讯。文章以细腻而生动的笔触刻画了中国文化名人所走过的风雨历程和他们独特的人格魅力，字里行间充满作者对文化与人生所作的深刻思考。我刚刚读完这本书，又收到她寄来的《大千飞歌》书稿清样，便一口气读完了全书。这两本书文体有所不同，主人公不同，前者记述了文化大家丰富多彩的人生经历，而这本书却真实地再现了作者的心路历程。她用生花妙笔，以独特的视角，娴熟的艺术手法，描绘了五彩斑斓的大千世界。

读这些作品，确实是一种美的享受。这些晶莹剔透的文字，似珠落玉盘，发出美妙的音韵；如花漫碧野，散发出醉人的芳香。如诗，如画，如歌，走进这充满诗情画意的大千世界，怎能不令人陶醉，令人神往！但是，我以为，作者展示给我们的，绝不是单纯描绘自然美景的旅游散文，任何文学作品，一首诗，一篇散文，一部小说，如果离开了人类活动，离开了历史背景，离开了社会生活，都将是没有生命的。石梅的这本散文集，恰恰在思想和艺术两个方面，都进行了可喜的探索。与其说她描绘的是迷人的欧洲风光，吟唱的是动人的中华恋歌，不如说，她是在用心灵去触摸波澜壮阔的人类历史，去抒发她对人生、对自然、对社会的认知和感悟。这是一部讴歌人与自然，人与社会，"天人合一"，人类与社会和谐发展的历史画卷。对于这部具有如此丰富思想内涵和多种艺术表现手法的作品，一篇短短的序言是很难承载其重负的。诚惶诚恐之余，也只能就这本散文集在思想和艺术的追求方面，谈一点粗浅的读后感而已。

通览全书，《大千飞歌》上下两卷，共收录了石梅的66篇散文。其中，《欧洲风》是她在国外驻留期间写下的文字。《中华曲》是她在记者生涯中对祖国山川人物的记述。上下两卷，相映成趣，浑然一体，正如石梅所说："物质的大千世界，山山水水皆有灵，无论是国际还是国内，都是那么生动璀璨，处处飞动着生命的颂歌；精神的大千世界，丝丝缕缕都有情，无论他人还是自己，每每凝聚着真善美之歌。"上下两卷，写景状物，记事写人，一人一物，一草一木，无不燃烧着炽热的情愫，迸发出对祖国和人民深深的爱恋，同时，也蕴涵着她对人生、社会文化和历史的深邃思考。

这本散文集在思想内容方面的最大特色是，大多以短小精悍的文字，就像晶莹透亮的水珠，折射出历史和时代的光辉，作者引领我们徜徉在古老典雅的欧洲文化的画廊中，无论是童话牧歌般的乡野，还是富丽堂皇的城市，作者总是通过对欧洲各国特有的自然景观与人文风情的惟妙惟肖的刻画，将读者引进赏心悦目的全新境界。这里，到

处洋溢着"真善美"的底蕴，即便是喜欢流浪的吉卜赛人，慈祥勤劳的俄罗斯大妈，甚至流落街头的乞丐，或者是在地铁站口摆小摊的小贩，作者也都通过真实的感受，关注着那里人民的生活和各种社会问题。繁荣与衰落，富强与贫困，在作者的笔下形成了鲜明的对照。劳动人民创造了历史文明和光辉灿烂的文化，也为此付出了艰苦的劳动和巨大代价。当我们站在波罗的海岸边，迎着扑面而来的欧洲之风，聆听白桦林在微风的吹拂下浅吟低唱时，我们不会忘记欧洲各国人民曾经走过的那个坎坷曲折、充满血雨腥风的年代。石梅在许多篇章中所表达的这个主题有着震撼人心的力量。几十年前，我曾经读过峻青的一本《欧行书简》，他是从另外一个角度揭露了法西斯的疯狂残忍，那些悲惨的画面至今还萦绕心头。半个世纪过去了，石梅这部散文集，给我们展示的却是欧洲天翻地覆的变化，是一卷耐人寻味的世俗风情画。揭露与赞美，鞭笞与歌颂，所表达的一个共同主题是：人民，只有人民，才是历史文明的创造者！

《大千飞歌》的另外一个突出思想是，全书许多篇章贯穿着强烈的爱国主义精神。当她漫步在圣彼得堡涅瓦河畔，当她走进维也纳美泉宫，作者足迹所到之处，令她梦绕魂牵的都是祖国的面容。至于《中华曲》的许多篇章，如《美哉，桃花源》《长岛游踪》《蝴蝶赋》《冰灯之魂》《金山岭长城》《冰情雪意松花江》等等，字里行间都流淌着对祖国山河的赞美和爱恋。还有很多篇章，如《老舍茶馆品香茗》《"蒙妮"交响曲》《谁持彩练当空舞》《碧波上起飞的天鹅》《神秘·神奇·神气》《不尽长江滚滚来》以及对中国文化名人的采访等，都抒发了对源远流长的中华民族文化和改革开放时代民族振兴的歌颂和景仰。在这些篇章里，作者以清新明丽的笔触描绘了祖国的自然风光；以深刻思辩的语言探讨了东方文化的博大深邃；以锐利灵敏的目光追踪着华夏前进的脚步；以炽热感人的激情讴歌了时代的变迁。从这些篇章看出，作者不仅有着广泛的社会、人生、历史和文化知识，而且善于透过这些社会现象、自然风光，把握生活的本质，发现深奥的哲理，使作品具有深刻感人的力量。《大千飞歌》的成功之处就在这里。我一直认为，散文作家的职责不是复制生活，散文写作是一门独特的艺术，写散文不应该像摄影绘画那样去剪取、描绘生活场景，而是应该力求透过这些场景、这些人物，去发现和挖掘其中的精神内涵，做到了这一点，作品便有了灵魂。

　　《大千飞歌》在艺术的追求上也有独到之处。66篇作品，在题材、体裁和风格上都别树一帜。一般地说，好的散文，无论是写景、叙事，还是抒情议论，都要尽力把这些风景、人物和议论集中在一个主题下，然后分层次、分步骤，或聚或散，散而不乱，最终成章。正如苏轼所说："大略如行云流水，初无定质，但常行于所当行，常止于所不可不止，文理自然，姿态横生"，"意之所到，则笔力曲折，无不尽意"。石梅的许多散文都做到了这一点。她的每篇文章都有一个中心，不论写景抒情，还是明理言志，始终有一条贯穿全篇的线索，将五花八门、色彩斑斓的内容熔为一炉，映射出生活中深刻的思想内涵。这是其一。

　　其二，这些散文的构思也很奇巧。面对纷繁变幻的世界，绚丽多姿的现象，她总是能够从不同的角度放眼望去，在构思立意、凝聚哲理上苦思冥想，最终，找到了引人入胜的切入点，由此铺开，步步深入。卷首的那篇《巴拉顿湖的落日》，带领读者从"家庭饭店"走向湖滨，然后乘坐游艇悠悠地驶向湖心，尽情观赏远山落日，伴随着柔婉的琴声，领受湖光山色的美妙和浓浓的异国风情，最后引出了对人生意味深长的喟叹，至情至理，令人怦然心动。也有些篇章则没有采用落笔点题、层层深入的常用手法，而是运用了迂回环绕，渐收笔势，然后"点石成金"的手法，使人有一种"柳暗花明又一村"的感慨。人们常说，文无定式，散文写作亦然如是。好的构思尤其如此。作者的灵气、灵感被客观物象激发的那一刹那，也许就会有一篇美文自笔端涌出。读石梅的散文，我就有这种感觉。

　　其三，这些散文具有诗意的美、音乐的美和意境的美。美无处不在。罗丹说过："不是缺少美，而是缺少发现。"使我感到钦慕的是，石梅总能从看似平常的现象中，通过观察审视，发现那么多美丽的珍藏。她的许多散文，看不到天马行空，听不到惊涛拍岸，但是，从这些平实自然、缓缓迄出的世俗风景画中，却流淌着诗的美韵、音乐的旋律和水墨山水画的意境。《金山岭长城》中有这样的文字："远望苍山，壮如海浪，浩浩荡荡，令人心胸顿开，尘虑一扫。月夜，碧空如洗，高挂银盘。依长城'箭垛'，临风幽想，似听塞外战马嘶鸣，金戈相撞……"在她的笔下，斜阳，古道，青山，绿树，哪怕是一棵小草，一片红叶，都蕴藏着写不尽的画意诗情。

其四，这些散文充分调动了散文写作的各种技巧和语言艺术，将她的经历、她的感受、她对"真善美"的追求，用富于哲理而又清新明丽的语言，通过融合提炼表达得淋漓尽致。读她的散文，仿佛坐在灯前月下与一位知心朋友促膝谈心，在温馨、和谐、宁静的氛围中聆听她的诉说，与她的心灵对话，你的情绪就会受到点燃，你的思想便会自然地得到升华，同时也会体验和感受到散文艺术的真正魅力。

感谢石梅在《大千飞歌》中给了我们这么多美的奉献，让我们有机会与她一起分享创造的欢乐。人类的脚步在不断地向前延伸，地球的轨迹依然在徐徐滚动，潮起潮落，花开花谢，新的生活、新的事物层出不穷，我相信石梅在散文创作的道路上，一定会奉献出更多更好的新作，不仅超越别人，也会超越自己。

韶 山 行

韶山是我思慕已久的地方。毛主席诞辰100周年前夕，我作为中央国家机关的代表，为即将竣工的韶山希望小学剪彩，使我的韶山之行，更具有特殊的意义。

12月23日，我和中央国家机关工委的李沛同志踏上了南行的列车。20箱为小学生赶制的书包是临时运到车站的，由于时间紧迫，已来不及办理托运手续。长沙铁路局1次列车第一包乘组列车长戴同志听说了此事后，欣然答应免费运往长沙，并对我们这两位特殊使者给予了无微不至的照顾。戴列车长说："这几天去韶山的人很多。刚才有一位从东北来的年轻母亲几年前就决心在毛主席诞辰100周年之时去韶山看看，因为买不到火车票，就用站台票上了车。她说，家里还有一岁的孩子，为了实现去韶山的愿望，就把孩子丢给了爱人。我还特意为她安排了一张卧铺呢。"

窗外，正是隆冬季节；窗内，却温暖如春。在车轮的铿锵声中，我的心早已飞向了韶山。车到长沙，已是黎明时分，湖南团省委的领导李微微、童名谦等，早已在站台迎候。当晚，我们驱车100余公里顺利到达韶山。我和李沛都是第一次来韶山，所以，一放下行李就迫不及待地想要看一看韶山风采，早已把两天一夜的跋涉疲劳忘得一干二净了。

韶山的夜色是美丽的，群山环抱，地势起伏，万家灯火镶缀在青山绿水之间。出城几公里便到达了刚刚落成的毛泽东铜像广场。只见韶山冲灯火通明，熙来攘往，好不热闹。陪同人员告诉我，前几天江泽民同志曾专程来这里

为毛主席铜像剪彩，全国各地自愿来韶山瞻仰毛主席铜像和故居的人更是络绎不绝。说也奇怪，毛主席铜像揭幕那天，虽然正是深冬季节，往年这时候不是阴雨连绵，就是白雪皑皑，今年的山坡上却见杜鹃花竞相开放，灿若云霞。接着一连好几天都是碧空如洗，丽日高悬。铜像矗立那天，太阳和月亮同时在天空出现，日月争辉，人们无不拍手称奇。据说毛主席铜像是从南京千里迢迢运抵韶山的。车队经过江西井冈山时已近黄昏，不知何因运送铜像的汽车突然熄火，无论司机怎样检修，汽车都无法发动。井冈山父老乡亲们，早就听说主席铜像要经过这里，他们已在路边迎候多日了。虽然天寒地冻，为了再看主席一眼，乡亲们心中涌动的滚烫热血已驱尽隆冬的严寒。当运送主席像车队经过时，不少人泣不成声。看到这种情景，即使是铁石心肠也不能不为之动容。凝望着暮色苍茫的韶山和神情凝重的老乡们，车队负责人意识到，也许毛主席想在井冈山停留一下，再看看父老乡亲，领袖的心总是同人民连在一起的。车队当即决定在井冈山停留一晚。是夜，井冈山万家灯火分外明亮，阵阵松涛拍拂着宁静的夜空，那是一个多么甜蜜温馨的夜晚啊！

听着陪同人员的诉说，我的眼眶里涌出了热泪。当我肃立在宏伟高大的主席铜像前，缅怀毛主席为中国人民建立的丰功伟绩时，真是百感交集，感慨万千！守卫铜像的解放军战士指着铜像基座前的花篮对我说，你看，这是各国朋友送来的，还有不少是海外华侨送来的。有一位四川成都的老工人，骑着自行车翻山越岭，风餐露宿来到韶山。一位青年朋友9月6日从北京人民英雄纪念碑步行到这里。这样的事情太多了，是的，毛主席在天有灵，他老人家会知道，他离开得愈久，人民对他的思念就会愈深啊……

返回住地的路上，我陷入了沉思。忽然从远处飘来清脆悦耳的锣鼓声。陪同人员告诉我，毛主席生前爱看地方戏，现在人们手里有钱了，自愿出钱从湖南各地请来了著名演员，今晚要唱通宵。我们急忙让司机停车，只见山间平地上人山人海，人们在聚精会神地欣赏湖南花鼓戏"刘海砍樵"，那动人的旋律和歌唱为韶山冲又带来一个不眠之夜。

来到毛主席故居前，我们伫立很久，只见清水塘清澈的水面上星光闪烁，仿佛在脉脉含情地向我们诉说着世事沧桑。毛主席的少年时光就是在这里度过的。从这里穿着草鞋，手拿一把雨伞，走向橘子洲头，走向安源，走向遵义，多少次中流击水，浪遏飞舟，让宝塔山的灯火照亮了全国，照亮了世界……

江山代有人才出。毛主席很重视教育工作，1959年他重返故里，还亲自为韶山学校题写了校名。6月26日，是韶山学校师生最难忘也是最值得纪念的日子。这一天毛主席系着红领巾被师生们簇拥着，留下了被诗人称之为"仿佛能听见笑声的照片"。最初，毛主席给该校题写校名时，只写下"韶山小学"四个大字；第二天突然提出来还要重写，毛主席说，韶山不光要办小学，还要办中学，将来还要办大学。所以最后写下了"韶山学校"这四个大字。然而，毛主席生前对自己要求非常严格，按说，政府在毛主席的家乡投点资，搞点基本建设，也是情理之中的事情。就说修筑通往韶山的这条公路吧，毛主席一再嘱咐，要做到"三不"：一不占用农田，二不拆迁民房，三不迁移坟墓。所以，今天的这条公路就是这样曲曲弯弯通向韶山的。

　　韶山学校的前身为毛氏族校，创办于1921年，毛泽民同志曾任该校董事会理事长。新中国成立后由政府接管，由于校舍比较陈旧，办学条件一直不是太好。为了隆重纪念毛主席诞辰100周年，支持毛主席家乡的教育事业，改善学校的办学条件，1993年3月，中国青少年发展基金会将该校列为国家"希望工程"。"韶山希望小学"投资209万元，其中中央机关捐资100万元。4月29日动工，12月25日主体工程基本竣工。至此该校拥有教学用房1645平方米，办公用房120平方米，运动场地3500平方米，教师宿舍1425平方米，室内运动场、音乐教室、体育器械室、实验室、仪器室、阅览室、会议室、健身房一应俱全，目前已是全国最大的一所"希望小学"。

　　第二天学校竣工剪彩时，湖南省主管教育的副省长和湘潭市委、韶山市委领导同志都来了。全校师生欢天喜地，列队迎接，大家的心情都格外激动。中国青少年发展基金会秘书长满怀对毛主席的深厚感情，发表讲话时泣不成声。当我举起剪刀轻轻地剪断礼仪小姐手中的红绸时，我看到全校600多张师生的笑脸，在明媚的阳光下闪耀着光彩。的确，我们谁都相信，在这充满希望的韶山冲里，将会走出更多的一代又一代的国家栋梁之才！

　　带着沉甸甸的希望，我来到韶山；又带着沉甸甸的希望，我踏上了归程。

人生况味

又见黄山

这大半生，记不清走过了多少地方。时过境迁，有的地方渐渐地已被忘却，有的地方在记忆中已变得模糊不清，唯有黄山，虽然阔别十数载，依然常常那样清晰而真切地浮现在脑海里，令人朝思暮想，梦绕魂牵。

这不仅仅是因为黄山很美，它有遍布千峰万壑的怪石，它有傲居悬崖绝壁的奇松，它有涌动于高山峡谷的云海，它有垂挂于昊昊长天的流泉；也不仅仅因为黄山是文化的宝库，它曾留下轩辕黄帝炼丹的遗迹，它曾保存着道教佛教浩繁的经文，它曾孕育了许多享誉文坛的诗人画家，它曾珍藏着无数摩崖石刻和书法珍品；更重要的是因为，这座曾经用它博大宽厚的胸怀掩护过爱国将士的名山，还留下过周恩来、张学良、叶挺、方志敏、刘伯承、陈毅等人的足迹。尤其值得眷恋和怀念的，是因为这座曾经被革命烈士鲜血浸染的大山，伴随着新中国前进的脚步，正在发生着天翻地覆的变化。特别是改革开放以来，它以更加诱人的风采吸引着来自祖国和世界各地的游客。1990年12月16日，在澳大利亚召开的联合国世界遗产委员会全委会上，一致通过：中国黄山以世界文化遗产和自然遗产的双重身份被列入《世界遗产名录》。

黄山人不会忘记，1979年7月12日，踏着薄薄的晨雾，一位75岁的老人容光焕发地沿着陡峭的山路登上了黄山。他对陪同视察的安徽省委书记万里说："你们这里是发展旅游的好地方，这个地方将成为全国最富的地方……要有点雄心，把黄山的旅游的牌子打出去。"从此以后，黄山的开发建设进入了一个新的历史发展时期。

黄山人不会忘记，还是这位老人，在崎岖的山路上，一边攀登，一边同身边的游客交谈，还时不时地为闻讯赶来的青年学生签字留念，并高兴地同他们一起合影，临别时还挥手祝他们"好好学习"。

　　这位老人就是中国改革开放的总设计师、我们敬爱的邓小平同志。

　　这么多年过去了，黄山都发生了什么变化呢？我总是渴望着重返黄山。记得当年我随方毅同志在玉屏楼下遇见我国的著名摄影家吴印咸时，他也是80高龄，第十次登上黄山。他说，如果身体还好，以后还要再来。我也暗下决心，只要有机会，我也会故地重游的。然而没有想到，那次下山之后，突然袭来的癌魔将我击倒在地，几乎夺去了我的生命。身体的极度虚弱使我不敢再有重登黄山的奢望。后来，身体渐渐恢复以后，我又被严重的腰椎间盘突出症折磨得痛苦不堪，走起路来步履维艰。腰疼治愈之后，我重新萌发了再去黄山的念头。"剪不断，理还乱"，仿佛心中有一个永远也无法解开的"黄山情结"。

　　丁丑年春节过后，我有了一次去合肥、南京出差的机会，我决定利用双休日自费去一趟黄山。然而，2月20日，在我去合肥的列车上，从早晨的"新闻联播"节目中，突然听到了意想不到的噩耗，我们敬爱的邓小平同志与世长辞，人们沉浸在无限的悲痛之中。坐在车厢里，我脑海中重新浮现起在邓小平同志身边工作的一件件往事：1977年8月全国科教座谈会，1978年春天全国科学大会，1979年春节访问美国……邓小平同志的音容笑貌如在眼前，我怎么也不能相信，这位深受全国人民爱戴、全世界人民敬仰的一代伟人，竟会这样突然地离我们而去。悲痛之余，我连夜赶写着对邓小平同志的纪念文章。同时，感情和责任更加强烈地驱使我完成多年的夙愿——重返黄山，亲眼看看改革开放以来在邓小平同志的关怀下，黄山所发生的巨大变化。

　　就这样，我和随行的同志一起终于来到了黄山。

　　俗语说，青山不老。其实，黄山不但不老，反而变得更加年轻了。记得当年我们攀登的山路又窄又陡，坎坷不平，如今都加宽铺平，走起来十分方便。陪同人员告诉我们，十几年来，中央和地方给黄山大批拨款和贷款，完善了风景区的内部交通设施，兴建和改造了许多宾馆，修筑了四通八达的公路，上山下山都有索道可通。1987年11月黄山成为省辖地级市后，扩建了屯溪机场；开通了12000门程控电话，1920路数字微波和900兆赫蜂窝式移动电话；铜陵至黄山公路及太平湖大桥的建成，大大缩短了合肥去黄山的里程。由于旅游和交通

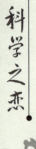

梦回黄山

郭日方

条件的改善，现在每年接待国内外游客数量大幅度增长。

我们是2月23日从后山乘索道上山的。由于浓雾弥漫，细雨绵绵，上山后什么也看不见了，使人感到无所事事。然而，曾经领悟过雾锁黄山风情的我，却不甘寂寞，依然冒着浓浓细雨，去西海、北海寻觅旧日遗迹。透过浓雾，我看见当年曾经住过两日的散花精舍，一改旧容，和现代豪华的北海宾馆连成一体，显得庄重又神秘。据说，扩建后的主楼和散花精舍都拥有总统套间、标准间。分部的贡阳山庄、狮子楼、西海山庄，还拥有中、低档客房，可同时接待1000多人。

傍晚时分，山上骤起大风，只听松涛呼啸，流泉争鸣。我凭直觉相信，大雾即将消散，明天将会看到雨后黄山的雄姿。果然不出所料，次日黎明时分一轮红日穿过云层，将黄山的艳色奇观尽展眼前。经过两个多小时的跋涉，当我们气喘吁吁地来到玉屏楼下时，我们不仅真正领略到这座天下名山的壮美，而且愈加深刻地领会到当年邓小平同志满怀情趣而极富哲理的"爬了黄山，天下的名山都不在话下嘛"这句话的含义。

在下山的路上，我一边回忆黄山上的所见所闻，一边回味着邓小平同志改革开放以来的许多教诲，突然感到，我们正在从事的建设有中国特色的社会主义事业，仿佛也是一座美丽而神奇的大山，只要我们万众一心，沿着邓小平同志指引的方向勇猛地攀登，"会当凌绝顶，一览众山小"，这位一代伟人的遗愿将会在我们这个伟大民族的手中变成现实。

当我频频回首凝望那插入云霄的黄山之巅时，只见灿烂的阳光为它罩上一道美丽的光环。

站在十字路口

　　人生有许多十字路口，稍有不慎，就会迷失方向，误入歧途，甚至跌入万丈深渊，这绝不是危言耸听。

　　面对每一个十字路口，你都必须做出正确选择，否则就要自食其果，付出惨痛代价。道理说起来简单，做起来并不容易。

　　那年我在非洲丛林进行野外考察，天色向晚，队友们驱车赶回住地，却在丛林里的一个十字路口迷失了方向。尽管不少队员提醒走错了方向，司机大李却坚持己见，认为轻车熟路，不会有错，结果，弄得大家跟着他的方向盘在丛林里转圈圈，整整一夜未曾合眼。曲曲弯弯的土路上常有野兽出没，野猪、金钱豹、豺狼、狒狒、猴子，成群结队。此情此景，不由得叫人胆战心惊。在这种情况下是万万不能下车探路的，大家只好龟缩在车厢里耐心地等待"柳暗花明"了。幸亏中国大使馆的同志们驱车200公里赶来寻找，我们才算走出迷津。

　　许多年过去了，在非洲丛林的十字路口经历的这段趣事至今仍记忆犹新。同时，它也使我想起那年我在东京街头遇见的一件小事，同样使人无法忘怀。

　　有一次深夜11点，我参加一次外事活动返回旅馆。在市郊的一个十字路口，透过车窗，我看见一个七八岁的小男孩站在人行横道边，等待穿越马路。其实，当时路口车少人稀，尽管人行横道上亮着红灯，只要他慢慢穿越马路，是绝不会有什么危险的。但是，他依然耐心地等待着，直到绿灯亮时他才小跑一般越过马路。小学生的举动使我感到羞愧，如果是在北京的街头，恐怕很多

人不会像这位小学生那样自觉地遵守交通法规的。要不，为什么我们的市长、市民还要亲自摇动小红旗，迎着凛冽的寒风站在十字路口指挥交通呢。

　　一个人一辈子要走很多的路，也要经过很多的十字路口。选择什么样的方向，走什么样的道路，都要遵循科学法则，切不可随心所欲。光明与黑暗，真理与谬误，善良与丑恶，真诚与虚伪，忠实与欺诈，高尚与卑劣，奉献与贪婪，道德与邪恶，就像生活中的道路一样时刻都在进行着交叉，于是便形成了许许多多的十字路口。

　　面对这样的路口，同样也需要你作出选择。

　　看来，生活中的十字路口也好，人生的十字路口也好，这并不是每个人都能轻而易举通过的。

目标·决心·行动

认定目标，锲而不舍，终会功成名就；

丧失信心，半途而废，必将一事无成。

——题记

我经常收到一些青年朋友的来信，询问我在胃癌手术之后，是怎样战胜病魔，在文学创作上取得成功的。我总是在回信时寄去我在病中写下的这几句慰勉的格言。虽然，我现在还患多种疾病，在文学创作上也还谈不上取得成功，面对癌症和逆境，有一点却是可以自慰的，那就是认定目标，锲而不舍，永远满怀希望地去追求自己的人生价值。无论遇到什么困难和挫折，决不退缩，决不彷徨，决不半途而废，而是义无反顾地勇往直前，努力去攀登前方那一座新的山峰。

人生通常会面临两种考验：一种是顺境，一种是逆境。一帆风顺时且不可得意忘形，忘乎所以；身处逆境时，也不必颓丧气馁，悲观沉沦。一位哲人说过，人生就是学校。比起幸福，不幸是更值得我们珍惜的老师。能够经受住两种考验的人，才是最完美的人生。德国伟大的诗人歌德有一句名言：人生最重要的是有伟大目标及达到的决心。有了伟大的目标和决心，还必须有坚强的意志和毅力去付诸行动。

前些天，我到医院探望一位身患绝症的朋友，他嗫嚅着对我说："一切都来得这样突然，许多事情都没有来得及去做……"

我握着他的手说："人的一生有许多事情都是始料未及的。重要的是要面

对现实，过去你不是经常勉励我，身处逆境往往是一笔很好的财富，生活的挫折最能磨炼一个人的意志，我相信你一定会勇敢地穿过这场风雨，迎来阳光灿烂的日子。"

他点头笑了笑："我们的诗人又在作诗了。"

"生活本身就是诗。"我补充说。

这时，他颤动着右手，从枕头下抽出一本他在青藏高原进行科学考察时珍藏的日记，然后慢慢闭上眼睛，让我翻阅一下。日记本已经褪色，但密密麻麻的笔迹依然清晰可辨。日记中写道：

今天我又一次登上唐古拉山口，这一次确实感到有些体力不足，下车走不了几步，就有些气喘吁吁了。站在这里，眺望祖国的壮丽河山和脚下翻腾而去的云海，让人浮想联翩，激动不已。人生几十年，犹如白驹过隙，像这样翻越唐古拉山口的机会不会太多了，生命一分一秒地向前延伸，我应当倍加珍惜。作为一个地质工作者，我的最大愿望是能够在有生之年，为祖国找到一个又一个高品位的矿藏。人们不是常说，人是为希望而活着的，但是，只有希望而没有顽强的毅力去努力争取，希望就会变成空中楼阁。记得有谁说过，时钟的指针像把剪刀，一圈一圈地剪个不停，不知剪断了多少懒汉的希望和梦想，然而又不知道按照多少勤奋的人的希望和理想，剪出了一个又一个胜利的花环，剪出了色彩斑斓的人生。那么对一个地质队员来说，我的双脚就像两把尺子，一尺连着一尺，丈量着地质队员对祖国的忠诚和爱情，同时也丈量着自己的人生价值。

读到这里，我的心被震撼了。端详着这位躺在病床上的好友，他的眉宇之间凝聚着"咬定青山不放松"的刚强和坚韧。30年来，他的足迹踏遍了祖国各地，为国家找到了一个又一个富矿。他还远涉重洋，为非洲人民寻找水源，挽救了无数濒临死亡的生命。由此我想起一些年轻的朋友，经常都在探求人生的价值，当然，这种探求也是很有意义的。然而，重要的在于实践，在于行动。这位在病中依然眷恋着祖国地质事业的朋友，用他坚毅的脚步在祖国大地乃至世界各地踩出了一道闪光的足迹。

让我们合手祈祷：祝他早日康复，让生命放射出更加耀眼的光芒！

科学之恋

说心里话，连做梦也没想到我会来中国科学院工作。在大学我是学中文的，一直做着当作家的梦。"文化大革命"，这个梦成了泡影。粉碎"四人帮"后，中央决定派方毅同志到中国科学院协助郭沫若主持全院的日常工作，他需要一个秘书，外经部党组决定派我随行。1977年1月13日，我拎着文件包随方毅同志一起踏进了中国科学院的大门。没有想到，在这里一干就是30多年。30多年来，我与中国科学院忧乐与共，风雨同舟，结下了不解之缘，在人生旅程中留下了难忘的回忆。

与科学结缘

我虽然是学文学的，但对科学家一直怀着深深的崇敬之情。像伽利略、牛顿、居里夫人、张衡、李时珍、钱学森、李四光、钱三强、陈景润，等等，无数科学家的名字，犹如灿烂的星辰映照在我的脑海里。所以，当我踏进我国自然科学研究的最高殿堂——中国科学院的大门时，一种莫名的自豪与光荣感油然而生，心情是非常兴奋和激动的。当我在办公大楼里第一次见到严济慈、吴有训、钱三强、华罗庚这些老科学家时，没有想到他们是那样亲切朴实、平易近人，一点都没有大科学家的架子，慈祥谦和、和蔼可亲，和平常人并无两样。但是，他们深刻的思想，对科学的不懈追求，献身祖国科学事业的爱国主义精神，深深地感染了我。由于工作关系，几十年来，我同许多科学家建立了深厚的友谊，并从他们身上学到了很多东西。

　　在"文化大革命"的蹉跎岁月中，很多科技人员被列为审查或打倒对象，但是他们依然怀着拳拳报国之心，做出了具有国际水平的科研成果。1977年春天，方毅同志主持召集全国一些著名作家，在友谊宾馆举行座谈会，方毅同志提出，希望作家们拿起笔来，热情讴歌科学家们的献身精神和高尚情操。记得当时参加这次座谈会的有曹禺、徐迟、李准、秦牧、柯岩、白杨等十几位著名作家、艺术家。会后，作家们写出了一批有影响的文艺作品。徐迟的《哥德巴赫猜想》的长篇报告文学，就是其中的一篇，在社会上产生了强烈的反响。"文化大革命"中，陈景润曾被打为"白专典型"，遭受残酷的人身迫害和精神打击。人们无法想象，在一间6平方米的斗室里，他是以怎样的信念、理想、勇气和毅力，全身心地投入攻克数论领域250年智力极限总和的论文，最终摘取了数学王冠上那颗光彩夺目的宝石，赢得了全世界数学家们的赞誉和敬佩；粉碎"四人帮"后，科学家们沐浴着科学春天的阳光，创造热情就像火山一样爆发了。"实现四化，振兴中华"，成了他们共同的心声。只要提起他们的名字，人们都会肃然起敬。像蒋筑英、罗健夫、彭加木等许多科学家，为了祖国的科技事业鞠躬尽瘁、死而后已的献身精神，已经成为广大科技人员巨大的精神财富。

应该承认，我国科技人员的工作条件和生活条件同许多发达国家相比，还有很大差距。但是，无论是在险恶的环境中，还是在艰苦的条件下，他们所追求的是科学真理，是祖国科技事业的繁荣昌盛。为了实现这个目标，他们可以不顾个人荣辱安危，依然在科学的险途上艰难地跋涉，奏出了生命的最强音。这样的事例实在是太多了。

著名的水声学家汪德昭就是他们当中的杰出代表。本来，中央军委已经任命他担任国家海洋局副局长，这是一个很重要的手中握有很大权力的职务，但是，他所关注的却是我国国防水声学的发展问题。1977年8月10日，他给邓小平写了一封信，信中这样写道："我除了感谢党对我的信任和鼓励外，像我这样长时期搞科研的人，不发挥我的专长，却要我承担我所不熟悉的副局长工作，对党是不利的。""从祖国水声科研来说，我总感到还是让我踏踏实实做一点力所能及的工作，对党更为有益。"后来，经邓小平同志批准，汪先生任中国科学院水声学研究所所长，为发展我国的水声科研事业做出了重大贡献。

双目失明的科学家侯永庚，又是一位杰出代表。十几年来，他在双目失明的情况下，克服了常人难以想象的困难，潜心研究物质结构的测定，靠一台普通的PC，完成了对6个难解中小分子和一个生物大分子的测定，取得了令国内外晶体学界权威学者都感到惊喜的结果。而对成功和荣誉，他却谦虚地说，这没有什么，多次谢绝记者的采访，不让宣传他的事迹。他说："人，活着为了什么？人，要为欢乐而生，为欢乐而战斗。绝不能让悲哀占领我们的心灵。"在他被评为全国劳动模范以后，又义无反顾地向着晶体结构世界发起了新的冲击。我在他家居室的墙壁上看到这样一副醒目的对联："自信人生二百年，会当水击三千里。"这难道不是许多科学家不畏艰险、勇攀科学高峰的真实写照吗？

著名的战略科学家蒋新松，就是在科学攀登途中因心脏病突发，猝死在学术报告会的讲台上的；武汉水生植物所的研究员李植生就是在南极的冰原上受伤而患上黑色素瘤，延误了治疗，被病魔夺去了宝贵的生命。许多科学家为了探索科学真理而创建的光辉业绩可以说惊天地，泣鬼神，被永远载入我国科技发展史册而昭示后人。

与癌魔抗争

作为中国科学院的一名工作人员，我为有机会结识这些科学家，能为他们在攀登途中助一臂之力而感到自豪和幸福。科学家们的献身精神和高尚品德，始终鼓舞着我、激励着我全心全意地去为他们服务，为实现我们的共同理想和自己的人生价值而努力奋斗。

30多年来，我同这些科学家们一起艰苦奋斗，顽强拼搏，同样遇到了很多困难和挫折。为了尽快熟悉科研工作，我必须认真学习科技知识，拜科学家为师。尤其是在拨乱反正的那段岁月，作为院长的秘书，我必须以高度的责任心协助院领导安排好各项工作，不敢有丝毫懈怠。每天办公桌上堆满了文电，几部电话铃声不断，平均每天都要接待十几位上访者，处理各种来信100余封。常年住在办公室，既无礼拜天，也无节假日，每天只能休息五六个小时，加上吃饭不定时，很快我就患上了胃病。由于工作节奏十分紧张，没有时间去医院看病，耽误了两年。1980年1月15日，我因胃癌在北京医院做了胃大部切除手术，当时我才39岁。

面对突然袭来的癌魔，我真是一筹莫展，陷入深深的痛苦之中。领导和同事们也都扼腕叹息，担心我能否经受住这沉重的打击，不知道我能否闯过人们称之为"不治之症"的禁区！方毅同志三次到家中看我，院领导和同志们纷纷来安慰我，帮助解决生活中的具体问题，鼓励我同疾病进行顽强斗争。深深的关爱和慰勉，使我终于重新振作起来，决心同癌魔进行一番殊死搏斗。

在痛苦的5年化疗过程中，我又重新开始了文学创作。讴歌科学、弘扬科学，成了我病后的执着追求。一年病休期间，尽管体重下降了30多斤，身体十分虚弱，我依然笔耕不辍。除了住院治疗，我把所有的时间都安排得满满当当

科学之恋

——郭曰方散文随笔选

的，生活得非常充实。第一年春节，我踏着积雪，去拜访了我国科普创作的开拓者、科学诗的奠基人——高士其老人。当高老知道我身患重病，并且喜欢文学创作时，用颤抖的双手握住我的手，激励我进行科学诗的创作。

悠悠岁月，在人生转折的重要关头，我之所以能不屈不挠的躬身前行，应该深深感激科学家们对我的教育和鼓励。是他们使我懂得了如何酷爱人生、珍视人生，勇敢地走上了那条美丽的山路。

30多年来，在中国科学院的所见所闻，以及自己亲身经历的这段往事，使我对人生的价值有了新的领悟：人生，通常会面临两种考验，一种是顺境，一种是逆境。一帆风顺时切不可得意忘形，忘乎所以；身处逆境时，也不必颓丧气馁、悲观沉沦。人生就是学校，比起幸福，不幸是更值得我们珍惜的老师。能够经受住两种考验的人，才会拥有最完美的人生。使我感到自慰的是，面对癌症和逆境，我终于超越了自我，像许多科学家一样，努力不停地去攀登前方那一座座新的高峰。

最后，我想以病中写下的一首散文诗献给那些曾经给了我太多教诲的领导、同事和科学家们：

登高不畏艰险方
可臻於峻岭矣

丁亥冬 郭曰方 书

山　路

就这样盘旋着，或插入云端，或沉入谷底；就这样匍匐着，或攀着悬崖，或贴着峭壁；岁月的风雨，已将你青春的肌肤剥蚀得斑驳陆离，那裸露的古藤向世人讲述着你坎坷的经历……

本来，你的每一块阶石都可以去充当大厦的梁柱，用力的刚毅支撑起无数多彩的空间；本来，你的每一粒石子，都可以铺在那闪光的大道上，让轰响的车轮奏出雄壮的交响曲……

但是，你却义无反顾地选择了大山，选择了贫瘠而荒芜的土地。曾经有山崩地裂，曾经有闪电霹雳，曾经有热浪侵扰，曾经有寒流袭击，这算得了什么呢？你昂起头颅，你伸出手臂，你相信，前方有一个生机勃勃的世界，高处有一片崭新的天地……

于是，山路盘旋着，匍匐着，让探索者从肩头一步步走向山巅，让负重者从身边一步步踏向胜利，让游人从身边去寻找笑声，让寻宝者去摘取大山的秘密……

山路周围的世界五彩纷呈，美妙神奇，盛开的杜鹃花用生命的火焰映红了天空，挺拔的松柏用青春的绿荫遮盖着大地，千丈飞瀑在夕阳下喷出七色彩虹，百鸟在密林深处弹奏歌曲……

山路弓着脊背，匍匐着躯体，默默地、永无怨艾地驮起一个个沉甸甸的希望，一串串长长的故事，一条条曲折的哲理……

我的秘书生涯

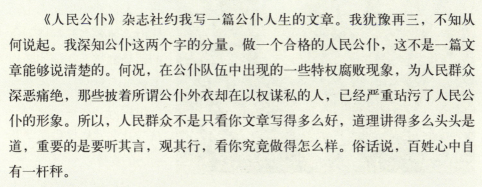

《人民公仆》杂志社约我写一篇公仆人生的文章。我犹豫再三，不知从何说起。我深知公仆这两个字的分量。做一个合格的人民公仆，这不是一篇文章能够说清楚的。何况，在公仆队伍中出现的一些特权腐败现象，为人民群众深恶痛绝，那些披着所谓公仆外衣却在以权谋私的人，已经严重玷污了人民公仆的形象。所以，人民群众不是只看你文章写得多么好，道理讲得多么头头是道，重要的是要听其言，观其行，看你究竟做得怎么样。俗话说，百姓心中自有一杆秤。

从参加工作至今，我在党政机关工作将近半个世纪。感到庆幸的是，我有机会在中央领导身边工作，近距离接触众多的中央与国家领导人，他们的光辉思想、高尚人格和崇高精神，使我终身受用不尽。同样，使我感到庆幸的是，几十年来，我一直在为科技工作服务，为科学家服务，使我有缘结识了许许多多德高望重的科学大师，从他们身上我学到很多东西，成为我做人做事做学问的典范。革命家和科学家虽然从事的工作性质不同，但是，有一点是共同的，那就是在漫长的人生历程中，全心全意为人民服务，俯首甘为孺子牛，他们心中始终没有忘记，他们是祖国人民的儿女，热爱党，热爱祖国，热爱人民，热爱自己所从事的事业。他们才是真正的人民公仆。

这里记述的只是我在方毅同志身边做秘书工作的一些往事。

邓小平同志戎马一生，为新中国的解放事业和建设事业做出了巨大贡献。虽然历史上曾遭受过不公正的待遇，特别是"文化大革命"中受到巨大冲击，

被撤销党内外一切职务，遭到公开批判和迫害，1969年至1973年间下放到江西省的一个工厂从事体力劳动。但是，他对共产主义的坚定信念和对祖国的无限忠诚从没有动摇。他说，他是中国人民的忠实儿子。粉碎"四人帮"后，为了把科研工作尽快搞上去，邓小平同志主动提出，他要当好科技工作的后勤部长。在他的亲切关怀下，科学技术作为第一生产力，为推动我国经济与社会发展提供了坚强有力的支撑。

方毅同志作为邓小平在科教战线的得力助手，为拨乱反正、治理整顿，落实党的知识分子政策，恢复科研工作秩序，制定新的历史时期我国科技工作发展规划，迎接科学春天的到来，做出了重要贡献。方毅同志是久经考验的无产阶级革命家。他对党无限忠诚，对人民高度负责，无论是战争年代，还是和平建设时期，他始终把人民的利益看得高于一切，为了人民的利益，从不计较个人得失，即便是牺牲生命也在所不惜。他的言传身教，对我的人格和党性修养产生了重要影响。

1977年1月根据外经部党组的决定，我跟随方毅同志到中国科学院工作。"拿人民的俸禄，就要为人民办事。"这是方毅经常对我说的一句话。他还经常对我说，在我们中国科学院没有当官的，你的"官"再大，都是为科学家服务的。全心全意为科学家服务，充分调动科学家的积极性，把科研工作搞上去，是我们一切工作的出发点和最终目标。为了实现这个目标，就像当年在战场上一样，他竭尽全力，殚精竭虑，付出了巨大心血。

就拿落实知识分子政策这件事来说吧，在拨乱反正、治理整顿那几年时间里，经邓小平、方毅批示，由我具体督办，为"文化大革命"中受迫害、受屈辱的知识分子和科学家平反昭雪、落实政策的，不计其数。如著名科学家陈景润的住房、办公条件的改善，成家问题；青年科学家杨乐、张广厚的职称晋升、出国讲学问题；我国留学生在国外的待遇问题；科技人员的生活和工作条件问题，一件件，一桩桩，说不尽，数不清。虽然那几年，我每天忙得不可开交，浑身却感到有使不完的劲儿。正因为如此，我与很多科学家成为至交。

在给方毅做秘书的最初几年里，我没有休息过一个完整的星期天和节假日。方毅经常对我说，周总理星期天是从来不休息的，所以中央国家机关各部的部长也都养成了星期天不休息的习惯。每天，大大小小的会议需要安排，大量的文电需要及时处理，办公室的几部电话铃声不断，上访告状、要求落实政策的人更是应接不暇，各种各样的事情要分清轻重缓急，一件一件做出妥善安排。所以，每天我都工作到深夜，很少在12点前睡觉。那时我每月工资只有76元，既无加班费，也没有夜宵，毫无怨言。爱人在位于北郊的部队医院上班，平时不回家。我既当爹又当妈，每天早晨起来，给上小学二年级的女儿脖子上挂一把家门钥匙，中午让她自己用蜂窝炉热饭吃，自己根本顾不上照顾她。白天上班，经常顾不上吃饭，一顿饭吃吃停停是常有的事。有两年时间，秘书的办公室就设在方毅家里，只要方毅一按电铃，随叫随到。遇到星期天，司机有时不在，我就自己驾车去中南海送文件。方毅对工作要求严格，一丝不苟。例如，1979年1月29日，方毅陪同邓小平访美前夕，把我叫到身边，将整理好的文件亲自装进黑皮包，郑重地交给我，还特意嘱咐："这次访问美国，意义重大。我们随邓小平同志一起赴美，要谈中美科技交流问题，你随身携带的这些文件，一定要保管好，丝毫不能疏忽大意。否则，你的党籍就没有了。"一向和蔼可亲的方毅，面容骤然严肃起来，字字千钧。所以，在访问美国、日本的10天时间里，那个黑色文件包被我视作生命，时时刻刻都拎在手中，不敢稍有懈怠。坐车拎着它，吃饭拎着它，睡觉放在枕头下，半夜去厕所，也要拎着它，早晨起床，第一件事就是摸一摸文件包在不在，真是紧张啊。就是在这次访美途中，我胃病发作，疼痛难忍，在飞机上就开始呕吐，只能假装无事，怕影响代表团的工作。回国后，我胃疼逐渐加重，尤其是对越自卫反击战那一段时间，中央办公厅、国务院办公厅、中央军委办公厅经常半夜1点左右给政治局委员送战报文件或其他紧急电报，我签收后首先自己要看一遍，如果没有马上要告诉首长的情况，第二天早晨就要及时送达首长。就这样，长期紧张无规律的生活，使我的胃病越来越严重。因为忙，没有时间去医院看病，就耽搁下来了。

1979年方毅的办公室搬进中南海，我也开始在中南海上班。在那里工作更加繁忙，除了吃饭时间外全天候都在处理公务，夜里就住在办公室。我和张玉台两个秘书只有星期天可以轮休半天。我整天忙于工作，对自己遭受癌魔的偷袭全然不知。不过，我尽可能抽出晚饭后仅有的一点时间去湖滨和院子里散步。作为一个从黄河边茅舍里走出来的农家子弟，我对党中央所在地——中南海有一种特殊的感情。因为，从儿童时代我就知道北京中南海这个地方。就在这一片神秘的建筑群里，历史上曾经演绎过数不清的荣辱兴衰。但是，今天它已回到人民的手中，能够在这里工作我感到骄傲和幸福。在院子里可以经常看到党和国家的主要领导人，有时候会擦肩而过，或互相点头致意。我觉得自己就在党中央首长身边，离他们很近很近，心里感到非常温暖。

方毅对秘书要求非常严格。他经常告诫秘书，要谦虚谨慎，搞好同各方面的关系，不要因为在领导身边工作而自视特殊；并明确规定，领导未交办的事情，不许以部领导和秘书处的名义对外办事；要求秘书平时要注意学习和熟悉业务，积累资料，了解和掌握本单位主要工作和重大活动情况。上级指示、通知或重大事项情况要认真记录，随时向领导报告，不要怕影响他的休息。方毅不仅工作严谨，一丝不苟，而且知识面宽，是我党深谙管理的无产阶级革命家。我想，既然党组织把这项秘书工作任务交给我，就要克服一切困难保证完成这份重托。

在长期的秘书工作中我深刻体会到，秘书是领导的助手、参谋、喉舌、智囊、桥梁、纽带和管家。重要的岗位，重要的职责，重要的作用，决定了秘书运转中的重要地位。所以，做好秘书工作，对保证党的方针政策的贯彻落实，提高本部门的运作水平，塑造良好的部门形象，密切领导与群众的关系，至关重要。秘书的工作千头万绪，大事小事，一言一行，都表现出秘书的修养、作风、品格。不要小看一个电话、一封来信、一份文件，处理不慎，就会给党的事业造成重大损失。要成为合格的秘书工作人员就必须具备较高的素质、修养和能力。这包括忠诚于党的事业，忠诚于人民的利益，有较高的思想政治水平

和理论修养，有一定的学识和科学文化素质，有严密、严谨、严格、高效的工作作风，有密切联系群众、善于协调各方面关系的热情，等等。但是，最重要的是要有坚持敢讲真话、实事求是的态度。在大是大非和日常工作中处理各种事务时，都必须对正确和错误作出准确的判断，及时提出自己的建议，帮助领导部门决策。我把秘书的思想修养概括为：

心静如水，切忌浮躁。

淡泊名利，心胸宽广。

融洽融合，海纳百川。

坚持真理，实事求是。

甘为人梯，甘做嫁衣。

自重自省，勤劳勤奋。

遵守纪律，严守机密。

立场坚定，对党忠诚。

统揽全局，把握细节。

坚持原则，灵活机动。

细心细致，一丝不苟。

邓小平同志曾经说过："领导就是服务"。领导干部的权利、责任和义务，归结为一句话就是为人民服务，做人民的公仆。1977年夏，邓小平同志重新恢复工作后讲过这样一段话，他说，我出来工作可以有两种态度，一个是做官，一个是做点工作。我想，谁叫你是共产党人呢，既然当了，就不能做官，不能够有私心杂念，不能有别的选择。邓小平、方毅等老一辈革命家身居高位，不追求任何个人私利，始终牵系人民疾苦，这是老一辈革命家留给我们的最宝贵的精神财富。

我清楚地记得，1979年1月，方毅随邓小平访美，按规定有制装费，他嘱咐秘书把制装费退回去，依然穿着那一身穿了20多年的深灰褐色中山装。他吃饭也很简单，平时在家里总是两菜一汤。他长期患糖尿病，不吃水果。国内出差，从来都是轻车简从，拒绝高规格接待。有一次地方干部派小车去火车站接他，还有警车开道，方毅很生气，让秘书通知今后在国内出差，一律都乘面包车，不许再有警车开道。外事活动，外宾经常送他一些礼品，甚至连一盒巧克力，他都悉数交公，从不私自占有。国内出差，地方干部也常送一些土特产、水果之类的东西，他能拒绝的全都拒绝，有时人家偷偷送到了火车上，回到北京才知道，他就让秘书统统送给幼儿园、学校，或者是警卫班，自己滴水不沾。出差一个地方，临走时他都要到厨房与炊事员一一握手道别。还一再叮嘱，要按照规定交纳住宿费、伙食费。有一年，他到中南海开会，在那里喝茶，花了0.30元钱，当时身上没有零钱，回家后又嘱咐秘书补交给中央警卫局服务科。

看起来这都是生活琐事，但是，正是从这些生活琐事中可以深刻感受到无产阶级革命家的高风亮节和清正廉洁。从国家大事，到生活小事，他们为我们树立了一座高耸入云的丰碑！

其实，我们每个人都面临着这些考验。1981年1月，我不幸身患胃癌作了胃大部切除手术，术中做进一步病理检查，发现已属癌症中后期，癌细胞已侵犯胃浆肌层，主动脉旁淋巴结有转移，均已摘除。病情是如此严重，我的人生道路发生了重大转折，领导和同志们都扼腕叹息，人们络绎不绝地到医院探望，他们用不同的目光注视着我，同情、担心、鼓励、怀疑，不知道我能否经得住这沉重的打击，能不能闯过被称为"不治之症"的生命禁区。方毅同志三次到我家中探望，鼓励我同疾病斗争，早日恢复健康。我被迫离开了秘书工作岗位。在治疗期间我开始从事文学创作。从此，我开始以另外一种方式继续为人民服务，30多年来，我不仅战胜了病魔，还在文学创作上取得一定成绩。

2009年10月1日，是新中国60岁生日，我出版的著作也超过了60部。有的著作还荣获国家图书奖。根据中宣部、教育部、团中央的安排，在全国重点高校和科研院所，我国40多位艺术家举办了40多场我的《科学与祖国》诗歌朗诵演唱会，反响热烈；中国科普作家协会曾先后授予我"新中国建国40年来有突出成就的科普作家"、"中国科普作家协会四大以来有突出贡献的科普作家"称号。有人说，即便是专业作家，在28年的时间里出版这么多著作的也并不多见。我先后两次出席中国作家第六、第七次全国代表大会，受到江泽民、胡锦涛等党和国家领导人的亲切接见。早在1993年3月5日，《新闻出版报》头版曾经发表了介绍我的长篇人物通讯《生命的吟唱》，并配发题为《有精神则有色彩有高格》的评论。评论指出："人生是个大舞台。在这个舞台上，每个人，都在上演着自己独特的角色。而历史的功名簿上记录下来的，永远是那些有追求、有劳作，为他人、为社会而奋斗和献身的名字。""郭曰方是这个队列中的一员，而更多地被赋予了当代共产党人的色彩。他的最明显的特点当然是癌症，是由于癌症而切除了四分之三个胃的病体。正是这一特定的人生考验，使其有声有色地在人群中站立起来。这当然与其个人素质有着密切关系，更加重要的，是我们这个党所给予他的教育、关怀和帮助，从潜移默化的信仰到具体而细微的支持，使他有一个精神的源泉，一个能够生活下去、拼搏下去的动力。一个有志向有才能的人，只有当他把自己的个体同我们的事业、我们的社会、我们的信仰紧紧地联系在一起的时候，这个个体才会被'充电'，才会发出十倍百倍的光芒！""郭曰方，正是有了这种一息尚存、不懈追求的精神和信仰，正是进入这种强烈的，很多时候近乎忘我的干事业的境界，他才能在同死亡抗争的同时，挽救了自己的生命，创造了自己的生命，放射出生命的异彩！""在人生的舞台上，这种人并不是很多见的，但他们是'脊梁'，是从时代和人民之中吸取着力量又辉映着时代和人民群众的精英。"这篇文章在中央人民广播电台新闻联播节目中连续播出7天。

国家科委、中国科学院、北京市等单位多次授予我模范共产党员、优秀共产党员、优秀党务工作者、先进个人、金辉老人、北京市抗癌明星称号并享受国务院政府特殊津贴。2012年5月，我有幸荣获北京"首届科学传播人终身成就奖"提名。

永不落幕的大舞台

在祖国的青山绿水之间，有一座永不落幕的科普大舞台。看潮涨潮落，花开花谢，听江河奏鸣，百鸟啼唱，一幕幕，一出出，异彩纷呈，扣人心弦。她就像雅典娜女神，播撒着文明与智慧的种子；又如阳光雨露，滋润着科学的春天。

中国科协是这座舞台的总导演、总策划和总编剧。这五年，我有幸从一个普通观众，走上前台，与众多的科普工作者同台演出，留下难忘的回忆。

2005年春节，中国科协、中国科学院与中央电视台联合举办了一场《春天的聚会》文艺晚会，经中国科协书记处讨论审定，我的一首《郭永怀，您永远活在我们心里》的诗歌，经著名艺术家殷之光朗诵，在中央电视台向国内外观众直播，引起强烈反响。许多收看电视节目的观众，感动得热泪盈眶。在直播现场，一些国家领导人和科学家对郭永怀先生的伟大献身精神，报以长时间雷鸣般的掌声，将晚会推向高潮。此后。这首诗在全国广为传播，一些科研单位和高校自发组织的文艺活动，都把朗诵这首诗作为重要内容。

中国科协和观众的鼓励，给了我极大的鞭策和巨大的动力。科学家们为祖国的繁荣富强所作出的无私奉献和创造的光辉业绩，深深激励着我。这些年，我把弘扬时代主旋律，传播科学精神，作为科普创作的主要内容。2007年11月我创作的我国第一部专门歌颂科学家的朗诵诗集《共和国科学家颂》出版。这部诗集，集中歌颂了100位著名科学家。通过这些科学家讴歌了新中国走过的科学历程。诗集一个月内再版，印数达3万册，这在诗集出版领域并不多

见。该诗集在中国科学技术协会组织举办的新中国成立60年来"五个10评选活动"中，入围全国公众最喜爱的10本科普图书候选书目，并荣获第二届中华优秀出版物提名奖、中国科普作家协会第一届优秀科普图书奖。尤其使我感到欣慰的是，根据胡锦涛总书记的批示，中宣部、教育部和团中央正式发文，先后在清华大学、中国科学院等40余所重点高校和科研院所，举办了40余场《科学与祖国》诗歌朗诵演唱会，这是我国首次为歌颂中国科学家而举

科学之恋

——郭曰方散文随笔选

办的专场诗歌朗诵演唱会。我国著名艺术家谢芳、殷之光、朱琳、谭晶等40余位联袂演出，在社会上引起强烈反响。

由于中国科协的厚爱，这五年，我还参与了中国科协组织的各项科普活动。作为中国科普作家协会领导班子的一名成员，在刘嘉麒理事长的领导下，我参与了繁荣我国科普创作的各项工作。包括政策与决策的研究，各类科普作品的评奖活动、协助策划出版由15套图书组成的当代中国科普精品书系、中国科协学术年会、科普创作理论研讨会等。同时，我还参加了中国科协组织领导的"大手拉小手科普报告团""科普报告团""老科技工作者科普报告团"，并担任"节约型经济科普报告团"的团长，为普及科学知识，弘扬科学精神，作出了力所能及的贡献。

2009年11月10日，华北下了一场历史上罕见的大雪。我在中国老科技工作者协会领导的陪同下去河南鹤壁讲学。在回京的那天晚上，汽车被封堵在京珠高速公路上。寒冬腊月，天寒地冻，断水断油，饥肠辘辘，我们只好在汽车里过夜。天亮后，我们高唱着《红军不怕远征难》的歌曲，徒步十余里走出高速公路，被闻讯赶来的安阳市科协主席接到城里，才算冲出困境。

夕阳无限好，为霞尚满天。我胃癌手术已经30余年，尤其是这5年，我迎来了科普创作的金秋季节。凝望着这座金灿灿的科普大舞台，我心里充满喜悦和感激之情。是的，这是一个永不会落幕的舞台。只要生命不止，一息尚存，我就会继续演出下去……

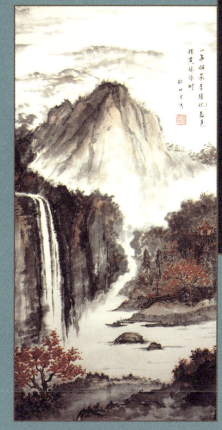

历史见证

破冰之旅

——跟随邓小平访美侧记

1997年3月2日，苍山垂泪，大海呜咽。一代伟人、中国改革开放和现代化建设的总设计师、我们敬爱的邓小平同志的骨灰，伴着五彩缤纷的花瓣，被缓缓地撒向了大海，从而实现了他临终前的嘱托，将自己波澜壮阔的一生，毫无保留地献给了他深情爱着的祖国和人民。

但是历史不会忘记，波涛汹涌的太平洋不会忘记，1979年大年初一，为了打开闭关自守的国门，邓小平最后一次漂洋过海，以巨人之手，在烟波浩渺的大洋上空，架起了一座联结中美友谊的桥梁，为中美关系的发展乃至世界的和平与发展，揭开划时代的新篇章。

作为邓小平率领的中国政府高级代表团的一名随员，我亲眼目睹了那个具有历史意义的伟大事件的全过程，邓小平同志博大精深的思想，令人倾倒的外交家风度，光彩照人的品格，热情充沛的工作精神，给人们留下极其深刻难忘的印象。

我是在去南方出差的火车上得知邓小平同志去世的噩耗的，那些天我含泪记述了在邓小平同志身边工作的一件件往事。3月2日中午，当我透过飞机的舷窗，俯瞰波翻浪涌的茫茫大海时，在隆隆轰鸣的轮机声中，仿佛听到天地之间经久不息地回响着全中国全世界人民悲痛的呼唤声：邓小平，邓小平……

十几年来，随着中国的改革开放不断扩大、中美两国交往的不断增加，太平洋仿佛变得狭窄起来了。每年有多少巨轮装载着货物穿行于东西两岸之间，有多少飞机运载着旅客降落在两国的机场，我没有统计过。只是看到每年都有大批的互访者、经商的、求学的、旅游的，熙来攘往，络绎不绝，大有要把偌大的太平洋塞得满满当当、水泄不通的样子。中国的大门越开越大，从西半球乘超音速飞机，只需十几个小时便可踏上中国的土地，难怪一位美国朋友感慨地对我说：时代变了，地球也变小了。

然而，人们不会忘记，25年前是毛泽东、周恩来、尼克松、基辛格在中美之间架起了这座友好交往的桥梁。人们更不会忘记，18年前是邓小平率领中国政府代表团，第一次访问了美国。他亲自拉开了将中美两国人民隔开数十载的那沉重的铁幕。从此，中美关系的发展进入了一个新的时期。正如一位美国政要说的那样，邓小平是一位巨人，是他改变了一个时代！是他，让世界对中国刮目相看！

的确，那是一次划时代的访问。在历时8天的行程中，这位不知疲倦的老人，争分夺秒，风尘仆仆，几乎走遍了整个美国，把友谊的种子播撒在那广袤的土地上。短短的几天时间里，他会见了数以百计的美国议员、州长、市长及各界知名人士。来自世界各地的二千余名记者，追踪采访和报道了这一历史性事件。美国三大全国性的电视网在黄金时间里全都变成了"邓小平时间"。全世界的电视台都在同时播放邓小平访问美国的新闻，无线电波超越时空把邓小平爽朗的笑语声传遍世界各地，那是多么激动人心的场面和情景啊。关于那次历史性的访问，报纸、电台、电视台都作了详细生动全面的报道，但是有些鲜为人知的细节至今尚未见披露。作为中国政府代表团的一名随行人员，我有机会亲身经历了那次历史性事件，亲眼目睹了邓小平光照人寰的政治家风采，切身体验了美国人民对中国人民的深厚情意，终生都感到荣幸和自豪。这里记述的就是1979年春节邓小平访美那个伟大的历史事件。

大年初一，破雾远航

1979年1月28日，正值中国的传统佳节，喜庆的鞭炮声响了一夜。凌晨，喧闹声刚刚平息下来，我便提上装满访问材料的黑色文件包，同方毅副总理一起赶赴北京机场。在候机大楼里，邓小平同他的老战友邓颖超、李先念、王震等谈笑风生。美国驻华联络处副主任芮效俭和夫人、日本驻华大使佐藤正二和夫人也赶来送行。邓小平的小孙女偎依在爷爷怀里撒娇，大厅里的气氛显得格外融洽和温馨。不知为什么，此刻，我凝视着邓小平那饱经沧桑而又慈祥亲切的笑容，不禁百感交集，不能自已。

大年初一，他本来可以和家人一起在家中承受儿孙欢爱，共享天伦之乐，但是，为了中国人民的幸福，为了世界的和平，他又毅然出门远行，去寻求新的友谊、合作和支持。他要为中美关系的发展，为中国的开放奠定坚固的基石。

登机的时间到了。我们跟随着邓小平缓缓地走出大厅。不料，机场管理人员突然又微笑着通知我们，暂回候机室休息一下，因为上海机场雾大，能见度还不到100米，张廷发司令员命令专机暂缓起飞。空军司令员张廷发是这次专机飞行的总调度、总指挥，他的命令自然是必须服从的。无可奈何，我们只好耐心等待。此时，我透过玻璃窗望见，漫天大雾笼罩着机场，白茫茫，灰蒙蒙，停机坪上的飞机都披上朦胧的轻纱，不知何时才能消散。我暗暗思忖，看来通向美国的道路不会是一帆风顺的。

上午8时许，我们终于登上专机，张廷发司令员一声令下，波音707轻轻抖动翅膀，开足了马力，呼啸着劈开浓雾，插上云霄，向着上海的方向飞去。

尽管天上是阳光灿烂的世界，铺天盖地的大雾却依然笼罩着上海，专机缓缓向下滑落，雾霭从窗舷掠过，由于能见度极低，飞机只好在机场上空盘旋着寻找跑道，在调度室的严密指挥下，专机终于缓慢而平稳地降落在上海机场。在那里稍事休息，美国政府派来的两名领航员登上专机，与我们一起踏上了飞赴美国的航程。

阿拉斯加，冰天雪地

按照预定的飞行路线，我们将于当天深夜1点20分到达美国海外飞地阿拉斯加州的安格雷奇埃门多尔夫空军基地，在那里稍事休息，给飞机加油后再直飞华盛顿，全程18500公里。过去，我有过多次乘飞机远行的经历，但是，在大年初一，居家团圆的日子，到一个完全陌生的国家作如此长距离的飞行，这还是第一次。俯瞰机翼下的茫茫云海，祖国的山山水水渐渐地从视线中消失，不免生出一种"路漫漫其修远兮""高处不胜寒"的乡愁来。然而，随之又被一种更加强烈的荣誉感、责任感所淹没。我能够代表我的祖国，跟随邓小平这位深受中国人民爱戴、世界人民敬仰的伟人，去完成一件极其光荣的历史使

命，不正是在实践"报效祖国，献身人民"的诺言吗？为了中国人民的解放事业和现代化建设，邓小平南征北战，历尽艰辛，高瞻远瞩，运筹帷幄，建立了不朽的功勋，他永远是我们学习的楷模和光辉的榜样。此刻，我就坐在他的身边，他的笑容是那样亲切和蔼，他的目光是那样坚定明亮，他的手势是那样坚强有力，他的话语是那样深刻幽默，他的心胸是那样博大宽阔，他的音容笑貌充分显示出一位伟大政治家的奕奕风采。在他身边就会给你增添无穷的力量和信心，任何艰难险阻都是可以战胜的。

就这样想着想着，夜幕渐渐垂落下来。当专机到达安格雷奇空军基地时，已是美国东部时间凌晨1点多钟了。飞机降落时，漫天飘舞着纷纷扬扬的大雪，气温极低。但是，专程从华盛顿赶来迎接座机的美国礼宾司司长多贝尔、美国驻华联络处主任伍德科克及柴泽民大使等早已在机场等候。一些来自世界各地的记者为了拍下珍贵的镜头，竟躬着腰站在专门搭设的摄影台上，冒着刺骨的寒风不停地按动快门。飞机要在这里停留约70分钟。美方在空军俱乐部为我们设宴接风。俱乐部餐厅装饰得古朴典雅，在淡淡的烛光下，我看见墙壁上挂着许多阿拉斯加因纽特人生活图景的雕塑和照片。伍德科克大使说，他很喜欢滑雪橇，阿拉斯加有世界第一流的滑冰场，还开玩笑似地说，有机会很愿意陪邓小平到那里去滑雪橇。他说，如果是白天，我们会看到这里到处都是冰雪

183

世界。阿拉斯加半岛南北长3520公里，东西宽2000公里，总面积1518800平方公里，是美国第一大州。森林茂密，盛产石油，海产极丰，交通也很发达。安格雷奇已经成为许多国际航线的中转站。全州民用机场就有500多座。它还是重要的军事基地，这里与当时的苏联隔海相望，离白令海峡最近处只有几公里。听到这里我们不禁赞叹说，这真是一块巨大的宝地。一位美国朋友笑着告诉我们，1867年俄国沙皇将整个阿拉斯加作为荒地，以720万美元卖给了美国。说到这里，他显得异常得意。我却暗自为俄国人的慷慨大方而深感惋惜。

华府四日，终生难忘

对美国首都华盛顿花园般美丽的市容，宽广整洁的大街，我是早有所闻。尤其是那闻名遐迩的独立纪念碑、白宫、五角大楼、林肯纪念堂更是我久已向往的地方。当然，由于两国人民长期处于隔绝状态，战争、仇恨和对抗使彼此心中都笼罩着互不信任的阴影。摒弃怀疑和仇视，建立友谊和理解，尚须走很长的一段路程。今天，我就是怀着这样的心情踏上美利坚合众国的土地的。

专机穿越美国东西部，于美国东部时间1月28日下午3点半，安全抵达华盛顿安德鲁斯空军基地。凭窗而望，只见候机大楼五星红旗迎风飘扬，几百位美国各界人士和旅美华侨，冒着风雪严寒，手里举着彩旗，等候着中国贵宾。在蒙代尔副总统的陪同下，邓小平接受了中国驻美联络处女青年献的鲜花，然后，沿着宾夕法尼亚大街驶向华盛顿市区。沿街的路灯杆上挂满了两国国旗，一架直升机在车队上空盘旋飞行，路边住宅的美国朋友向着车队招手致意。虽然已是深冬，高高的松树林依然苍翠欲滴，青青的草坪仿佛仍洋溢着春天的气息。在摩托车队的引导下，邓小平一行下榻在美国接待各国元首的地方——布莱尔国宾馆。

布莱尔宾馆位于白宫对面，是一座具有欧式建筑风格的大厦。虽然常有各国元首在这里下榻，但是，与中国现在的许多豪华饭店相比它就大为逊色了。木制地板已经陈旧，走起路来咯吱作响，室内设施也谈不上奢华，有的卧室还摆放着笨重的黑白电视机，使人想起新中国成立前大上海一些资本家开办的酒楼，差不多就是这个样子。当晚，我们就在宾馆就餐，副馆长布莱尔女士为我们安排的食谱也十分简单，蛋炒饭，几样西式菜肴，一个汤，谁愿吃什么，自取自食，悉听尊便，倒也十分自在。较之我们国内宴请宾客，山珍海味，鸡鸭

鱼肉，应有尽有，真乃天壤之别。这种廉朴而不尚奢华之风，倒是很值得我们学习。即使1月29日在白宫举办的盛大国宴，也是同样简朴。

但是，我们受到的欢迎却极其热烈。1月29日上午10时，卡特总统在白宫南草坪隆重举行欢迎仪式，仪仗队举枪致敬，金鼓齐鸣，乐队高奏中美两国国歌，礼炮19响。在卡特总统的陪同下，邓小平检阅了仪仗队，与卡特并肩走上讲台，卡特致词说："副总理先生，昨天是中国农历新年，是你们春节的开始，是中国人民开始新的历程的传统日子。我听说，在这新年之际，你们向慈善的神灵打开了所有的门窗。这是忘记家庭争吵的时刻，这是人们走亲访友的时刻，也是团聚与和解的时刻。对于我们两国来说，今天是团聚和开始新的历程的时刻，今天是和解的时刻，是久已关闭的窗户重新打开的时刻。"随后，邓小平热情洋溢地致答词，希望两国为维护世界的和平、安全和稳定做出应有的贡献。两位领导人的讲话不时被掌声和欢呼声打断。

这里，需要提起的是，当卡特总统讲话时，白宫对面的拉斐特国家公园里，有数百人在警戒线外搞所谓的"游行示威"，他们摇晃着小旗，声嘶力竭地呐喊着反对中美友好的"口号"，据美方官员说，多为"台独"分子。由于他们人少势微，显得非常冷落。使我们出乎意料的是，卡特总统刚讲了几句话，离讲台几米远的记者群里，突然有一男一女，跳起来大声呼叫。刚喊了一声，就被身边的特工人员掐住脖子，架了出去。沉着的卡特总统好像压根儿就没有看见人群里发生的事情，继续发表讲话。草坪上的一千多名群众也不动声色地倾听着，甚至对当众出丑的两名所谓的"记者"不屑一顾。邓小平更是昂首站立在红地毯上，一副威武沉稳的政治家风度，令人肃然起敬。

我由此想到中国有一句古话："天下大势之所趋，非人力之所能移也"。中美修好，是历史发展的必然，不管遇到什么坎坷挫折，历史的潮流终归是不可抗拒的。

欢迎仪式后，邓小平和卡特在白宫举行最高级会谈，晚上在白宫举行盛大国宴，接着由卡特总统和夫人陪同，前往肯尼迪艺术中心观看美国艺术家的精湛演出。

文艺晚会上，著名钢琴家鲁道夫·塞金，乡村歌手约翰·丹佛，哈莱姆环球游览者职业文娱球队，以及芭蕾舞演员精彩绝伦的表演，使全场观众为之倾倒，不时爆发出热烈的掌声。尤其令人感动的是，一群天真活泼的儿童唱起了中国歌曲，把欢乐的气氛推向了高潮。晚会结束时，邓小平走上舞台，亲切地拥抱了美国演员，当邓小平弯下腰去，一个一个地亲吻着可爱的小演员时，全场掌声雷动，记者们的闪光灯照亮了大厅，坐在我身边的一位女士喃喃地说，太好了，太好了，竟掏出手绢擦起了激动的眼泪。确实，这是令人激动的时刻。这不是一般的拥抱和亲吻。两国人民在阻隔了几十年之后，今天终于跨过烟波浩渺的太平洋走到一起，拥抱在一起，亲吻在一起，爱的真诚和亲密是任何力量都无法拆开的。我由此想起约翰·肯尼迪总统在就职演说中说过的一句名言："让我们开始吧，人类最值得钦佩的美德——勇气。"我想，既然我们两国人民有勇气结束过去那段不幸的历史，那么开始吧，让我们以更大的勇气去开辟未来！

1月31日邓小平一行参观了林肯纪念堂，并在巨大的林肯总统塑像前敬献了花圈。林肯纪念堂是为纪念美国第16届总统亚伯拉罕·林肯兴建的。是一座仿古希腊神庙式的巨大建筑。南北长东西宽均为118英尺，高80英尺，环绕有36根白色大理石圆形廊柱。纪念堂正面是一座高19英尺的林肯坐像。抬头望去，只见林肯总统面带愁容，低首沉思，神情肃穆而凝重。也许他在为黑人还未彻底解放而愁眉不展？也许他仍在思考怎样才能彻底铲除种族歧视和压迫？

在返回住地的路上，透过车窗，我看见西波托马克公园碧草如茵，亭亭玉立的松树林一望无际，纪念堂东侧的倒影池碧波粼粼，几只毛茸茸的小松鼠在林间跳来跳去，好一派和平宁静的景象。同车的美国朋友告诉我，林肯总统被维护黑奴制的反联邦分子暗杀后，他的遗体运回了故乡斯普林菲尔的橡树岭公墓安葬，我一边点头，一边又想到同样被刺杀的肯尼迪总统，如今也静静地躺在阿灵顿国家公墓。

有一天上午，趁着邓小平和卡特举行最高级会谈的空隙，我和代表团的翻译吴小姐离开宾馆去街上漫步。街上行人很少。我们想到商业区看看市容，走过两条街区，来到一个街心花园，我们坐在长椅上细细地欣赏着一座英雄骑士的雕塑，突然，一群可爱的白鸽落在我们脚前，它们点着头，咕咕地叫着，有两只胆子大的，竟落到我的膝盖上。于是我伸出手掌，轻轻地把一只白鸽托在手心，细细地端详着它，自言自语地说，欢迎你们有一天也去中国作客。说也奇怪，小白鸽点点头，欢快地展开双翅，飞向了蓝天。如今，许多年过去了，我依然思念着那只活泼可爱的小白鸽。

2月1日上午，在出席了美国政府举行的欢送仪式——鸣礼炮19响和检阅仪仗队之后，我们跟随邓小平飞往卡特总统的故乡，开始了对"美国阳光地带"的南部城市亚特兰大的访问。

故国情思，难以割舍

按照中美双方的商定，邓小平访美期间在美国的安全责任，全部由美方负责。因此，到美国以后访问乘坐的飞机改乘美国总统"空军1号"座机。在当时，这是最宽敞、最舒适，也是最具现代化的豪华型客机。专机于上午9点自安德鲁斯空军基地起飞，于10点35分抵达亚特兰大多宾斯空军基地。我们只能在飞机上用早餐。早餐丰盛而精美，尤其是热气腾腾的长方形烤牛肉块，更是让人馋涎欲滴。方毅副总理的警卫员小罗对这道菜情有独钟，经过几天的锻炼，他使用刀叉的技术似乎比别人略高一筹。你看，他左手拿叉，右手执刀，一片一片地将牛肉切割下来，迅速送进嘴里，动作是那样娴熟。我见他吃得满嘴流油，津津有味，十分羡慕。然而，由于几天的劳累，加上我对西餐很不习惯，胃病复发，饭菜再好，却毫不动心。

专机于10点30分缓缓下降，于10点35分准时降落在亚特兰大机场。乔治亚州州长巴斯比和夫人，副州长米勒和夫人及亚特兰大市长杰克逊和夫人等早已在机场迎候。一群天真可爱的美国小女孩，穿着短裙，吹着长号，奏着嘹亮动听的迎宾曲。在金鼓齐鸣中邓小平检阅了仪仗队，然后便驱车前往下榻的摩天大楼——桃树广场酒店。

亚特兰大位于阿巴拉契亚山脉南端的蓝岭山麓，查塔胡契河从城西北缓缓流过。山光水影，景色分外秀丽。尤其是春天，粉红色的山茱萸花竞相吐艳，与妖艳的杜鹃花交相辉映，使这座美丽的山城更加妩媚动人。然而，南北战争期间，这里被夷为废墟。战争结束后，经过100多年的努力，现在已经完全成为全新的现代化城市，著名的洛克希德飞机制造公司和可口可乐公司总部就设在这里。它也是著名黑人领袖马丁·路德·金的故乡。市内大建筑物鳞次栉比，著名的桃树广场大厦共有71层，高723英尺，是世界上最高的酒店。邓小平一行住在第70层。当我临窗俯瞰亚特兰大全景时，竟有些头晕目眩。巡逻值勤的直升机在空中盘旋，穿梭如流的小汽车小得如同火柴盒一般。更使人有些担心的是，当你躺在床上总觉得人和床在不停地摇晃。美国朋友告诉我，这是正常现象。因为酒店是一幢圆柱形建筑，底部基础是一个球型基座，由于楼层太高，设计师便仿照不倒翁的原理进行设计，即使10级大风，建筑物也仅仅是左右摇摆而稳如泰山，因此尽可放心。

中午，美国南部地区国际问题研究中心和亚特兰大商会就在酒店的大厅里举行盛大的招待会，黑人市长梅纳德·杰克逊发表了热情洋溢的讲话。邓小平向卡特总统故乡的人民表示敬意和衷心的问候，并表达了愿意与南方各州进行有效合作的愿望。在亚特兰大，邓小平还向马丁·路德·金的墓献了花圈，参观了福特汽车公司的汽车装配线。

晚上，邓小平前往巴斯比州长的官邸，会见了来自美国17个州的州长。其余随行人员则抽空游览了桃树广场酒店中部的环形水榭花园。夜幕低垂，华灯初上，环形水榭花园游人如织。花园建在酒店的中层部位，高约几个楼层的空间，有一环形水道，水道里建有玲珑别致的茶座，还可以划船。一边划船，一边喝茶，透过翠绿的藤蔓和彩灯的瀑布，可以俯瞰亚特兰大迷人的夜景。当我刚刚在茶座的椅子上就座，一位身材修长而漂亮的服务员小姐便走上前来微笑着问道："先生，我能为你做些什么？对亚特兰大的印象如何？"我接过一杯咖啡，礼貌地答道："这是一座很美的城市，只是离我的祖国太远了。"小姐站在那里摇摇头，有些无可奈何的遗憾。是啊，中国有句俗话：穷家难舍。外边再好，也没有自己的家乡好。尽管天天住的是豪华酒店，吃的是西式美食，却依然难以割舍对故国的茅舍炊烟、粗茶淡饭的思念。无论是杂花生树、群莺乱飞的江南，还是大漠沙如雪、燕山月似钩的塞北，无时无刻不萦绕在我的心头，令人梦绕魂牵。

人民友谊，情深意长

2月2日上午9点，邓小平告别了亚特兰大，于10点多抵达休斯敦埃林顿空军基地。在举行了简短而热烈的欢迎仪式后，邓小平来到约翰逊航天中心参观。他还在第一个环球飞行的美国人、俄亥俄州参议员约翰·格伦的陪同下，参观了阿波罗17号指令舱、月球车和登月器的复制品，并在这个模拟装置上尝试了一下当"太空人"的滋味。

休斯敦是著名的石油工业城市，位于得克萨斯州东南部。1836年萨姆·休斯敦将军打败墨西哥军队，建立得克萨斯共和国，城市从而得名。约翰逊航天中心有工作人员1万余名，承担设计航天飞机、载人航天飞行和训练宇航员的任务，素有"宇宙的城市"之称。

在休斯敦期间，反华势力和台独势力收买的一些所谓旅行者，又集结在马路两旁和海厄特瑞金斯酒店附近，当邓小平的车队经过时，便故伎重演，又是摇旗，又是呐喊，企图阻止车队顺利前进。由于美方采取极为严密的安全措施，这一伙人的阴谋未能得逞。然而，一次真正的险情却出现在这天晚上。当时，我们应邀去休斯敦郊区西蒙顿市竞技场去观看斗牛骑马竞技表演，邓小平从酒店楼下大厅出门上车，我方警卫人员走在邓小平的前方和两侧，后面是美方安全人员。突然有一名歹徒从后面窜向邓小平后方，说时迟，那时快，美方警员一个箭步上去，挥手将那人击倒，然后按在地上，将他押走了。邓小平安然脱险，登车而去。后来得知，此人乃一名三K党党徒，这个恐怖组织的成员以搞绑架和暗杀而臭名昭著。这件事情引起中美保安人员的高度警觉。从此，邓小平每到一处，美方便加强保安部署，防暴队盔甲闪闪，大批警员威风凛凛，众多骑警马蹄嘚嘚，街旁路口戒备森严。甚至连邓小平住房门口的楼道里，也三步一岗，七步一哨，带班的警官轮流值勤，通宵达旦，本来应该参加的大型宴会，也主动放弃了。可以说，他们是恪尽职守，绝无懈怠。

得克萨斯州原为印第安人的住地，这里的牧民向以骑术和斗牛而著称。那天晚上，邓小平和方毅戴着牛仔帽坐在一辆19世纪的马车里绕场一周，向西蒙顿竞技场的观众频频挥手致意，然后上台观看当地牛仔的精彩表演。锣鼓声中，一名女青年手执鲜艳的五星红旗纵身马背，快马加鞭，在马背上表演马术，一不小心突然掉下马背，随即晕倒在地上。抬出场地后观众无不为她担心，邓小平通过播音室转达对她的问候，过了一会儿，这位女青年又跃上马背，以极其优美的动作完成了她的全部表演。当这位美国姑娘向观众致意并退场时，邓小平及全场观众报以经久不息的掌声。女青年的顽强意志和友好情意，使我们久久不能忘怀。回国后，我还专门为此事写了一首诗，发表在权威性的《星星》诗刊上。诗中有几句是这样写的：

> 多少日子了，我忘不了那动人的景象，
> 那目光也总在我心中摇荡，
> 它跨过太平洋的波涛，
> 架设起友谊的桥梁……

美国人民对中国人民的友好情意是令人感动的。在访美期间，发生了这样一件事情。有一天，邓小平出人意料地会见了一位远道而来的客人，她就是中国人民的老朋友埃德加·斯诺的第一位夫人海伦女士。她是从家乡康涅狄格州专门赶来转交毛泽东1937年8月19日写给邓小平的一封信的。原来，海伦女士20世纪30年代在中国当记者，曾经在延安采访过毛泽东、周恩来等中央领导人，只是因为邓小平、任弼时不在延安，使她深感遗憾。"不到黄河心不死"，海伦决定去前线找邓小平，于是请毛泽东给她开了一封介绍信，信中写道：

弼时、小平同志：

斯诺夫人随部队一起赴前方，作为战地记者，向外写报道。请在工作、生活诸方面予以协助和关照。

致

礼

毛泽东

1937年8月19日

海伦带着这封信找了很多地方，由于邓小平率领部队到处转移，始终没有见到面，她只好作罢。此后她珍藏着这封信，整整42年，得知邓小平访美，终于有机会了却几十年的心愿，老人显得格外兴奋。她见了邓小平说的第一句话就是："您真难找啊！"邓小平紧紧地握住她的手，高兴地说："我听说过的，听说过的，遗憾的是，我们今天才见面。"这件事，在中美友谊史上一直被传为佳话。

就是在观看西蒙顿斗牛表演往返休斯敦的路上，我们还遇见一位美国女大学生。她是我们这趟豪华旅行车上的服务员，讲一口流利的中国话。我问她在什么地方学的汉语，她妩媚地笑了笑说，在台湾大学。她还说，现在放寒假了，回国探亲，听说邓小平访美，就自愿报名来为中国朋友服务。我们夸奖她普通话讲得很好，她羞涩地摇摇头，一连说了几个不行。问她学什么专业，她说，研究宋朝文学，最近准备专门写一篇关于李清照诗词研究的论文。她说得是那样轻松，却使我们愣是吃了一惊。一个年轻姑娘为什么偏偏要研究李清照诗词呢？她仿佛看出了我们的疑惑，笑笑说：李清照的词婉约清丽、情意缠绵，有很高的艺术性和美学价值，是中国文学的精华，应该继承下来。

这位女孩子对中国文学有如此真知灼见，使我感触良多。现在，我们有些年轻人，对歌星崇拜得如痴如狂，对中国文化名人一无所知，与之比较，这位美国姑娘对中国文化的灼见和热爱，实在令人感到羞愧至极。

2月5日上午，邓小平结束了对美国的访问，乘中国专机离开西雅图经日本回国。8天时间，在太平洋彼岸刮起了巨大的"邓小平旋风"。无论他经过哪个城市，都受到政府官员和美国人民的热烈欢迎，不少人为了亲眼看一看邓小平的风采，很早就站在邓小平车队经过的路口，车队经过时，不停地向邓小平招手致意。当然一小撮反华分子和敌对势力，早在邓小平访美前就扬言要给我们"一点颜色看看"，甚至收买"枪手"准备采取暗杀行动。在访问中，他们确实也胁迫了一些人搞所谓的"游行示威"，但是，在8天行程圆满结束时，邓小平以响亮的声音向全世界宣告："太平洋再也不应该是隔开我们的障碍，而应该是联系我们的纽带。"当时"邓小平旋风"所带来的巨大效应，今天已被越来越多的人所认识。《诗经》有曰："其雨其雨，杲杲出日"。"收尽一天风和雨"，阳光总是要普照全球的。2月5日，当邓小平的专机再次掠过阿拉斯加上空时，来美国时的那场暴风雪已经停息。洁白如玉的麦金利山在灿烂的阳光下放射出耀眼的光芒，好一派"旭日衔青嶂，晴云洗绿潭"的恢宏景象。飞机贴伏着横无际涯的北冰洋向西南方向飞行，那连绵如珠的岛屿仿佛是一座巨大的金桥伸向远方，如此壮观的景象令人心驰神往，玩味无穷。

的确，这是一座美丽的金桥。是一座经过几十年的阻隔，才得以建成的友谊之桥。今天当人们熙来攘往、兴高采烈地从桥上走过时，应该铭记建桥人的功绩。应该十分珍惜它，不断为它添砖加瓦，使它的根基更加牢固。不同的社会制度、文化传统和道德价值观，不应该成为两国人民友好交往的阻碍，只有平等互利，互相尊重，两国的关系才能友好健康地发展。前事不忘，后事之师，但愿我们及我们的后代能够永远记住过去那段不幸的历史，让和平、友谊和发展的阳光普照两个伟大的民族。

在结束这篇访美侧记时，这里还要特别一提的是，在离开日本返国途中的飞机上，邓小平毫无旅途奔波的倦意，欣然同意与每一位随行人员合影留念。那一刻，我怀着激动而兴奋的心情，坐在邓小平身边，拍下了终生难忘的珍贵照片。

大漠丰碑

——方毅与中国镍都纪事

戈壁荒滩，没有人烟。山上不长草，风吹石头跑。20世纪70年代前，凡是去过甘肃金川的人，在脑海里都会烙上这种空旷、渺远的荒凉景象。说真的，这话一点都没有夸张。亿万年来，在风雨的剥蚀下，这里到处都是沟坎连着沟坎，丘陵连着丘陵，就像饱经沧桑的老人的面孔，布满褶皱，黝黑浑黄，打不起精神。千百年来，许多边塞诗人，曾经用雄浑苍凉的笔触刻画出大西北这种特有的景况。南朝著名诗人鲍照《代出自蓟北门行》中有过这样的描述："疾风冲塞起，沙砾自飘扬；马毛缩如猬，角弓不可张。"唐朝诗人岑参也曾写道："一川碎石大如斗，随风满地石乱走。"塞外衰草，牧马悲鸣，长河落日，大漠孤烟，就是塞外戈壁的真实写照。然而，恐怕我们的祖先连做梦都不会想到，新中国成立后的20世纪末，在河西走廊北侧、腾格里大沙漠南缘的穷山沟里，仿佛一夜之间便崛起了一座现代化的新城，它就像一颗耀眼的明珠闪耀在荒漠深处。1992年，江泽民同志来这里视察，题写了"腾飞的金川"五个大字，高耸的"马踏飞燕"雕塑，将人们的目光引向那白云飞渡的龙首山巅。

1997年10月18日，当镍都金川儿女从中央电视台《新闻联播》节目中惊悉，方毅因病去世，4万多名职工沉浸在巨大的悲痛之中。尤其是当年曾经与方毅一起工作过的同志，沉痛地回忆起方毅八下金川的日日夜夜和谆谆教诲，不禁热泪纵横，痛哭失声。金川人说，没有方毅，就不会有镍都的今天。

"哪有抓矿山科技而不下井的道理"

1978年8月5日，方毅第一次来到金川。他是在连续7天开完了包头资源综合利用会议之后，从包头乘飞机赶往金川的。那天，晴空万里，灿烂的阳光照耀着一望无际的腾格里沙漠，锯齿般的沙丘连绵起伏着铺向天边，闪烁着金色的光芒。飞机在蓝天和沙漠之间缓缓滑行，犹如一枚飘荡的树叶。方毅凭窗而坐，凝视着渐渐轮廓可见的远山，陷入了沉思。也许他正在运筹金川战役的方略。在中央政治局会议上，他抓好三大共生矿综合利用的想法得到与会人员的一致赞同和支持，邓小平亲自听取了他的汇报，批准他每年"请假"去矿山考察。在全国科学大会的科学规划中，也将三矿综合利用列为108个重点项目之一。三大共生矿、三大战略、三块硬骨头，对于一个年过花甲的老将军来说，不是一件轻而易举的事情。想到这里，他觉得心里沉甸甸的。

"方毅同志，就要飞过黄河了。"漂亮的空姐用手指了指窗外。

"噢——"沉思中的方毅点了点头。

机翼下群山苍茫，蜿蜒曲折的黄河似一条玉带闪烁着银光。酷爱中华诗词的方毅不禁喃喃吟出："三万里河入东海，五千仞岳上摩天。"也许，这正是他此刻心境的写照。

中午时分，飞机缓缓降落在武威空军机场。部队首长一再挽留方毅一行在武威稍事休息，以解连续数日昼夜工作的劳顿。"去心似箭"的方毅说什么也不答应。他要秘书尽快通知铁路方面，当天下午乘火车连夜赶往金川。盛夏时节，酷暑难熬，火车在戈壁荒漠中缓缓爬行，抵达河西堡时已是半夜。睡觉前，方毅又把秘书找来，叮嘱金川领导安排明天看看矿山、工厂："没有调查就没有发言权，我们不能下车伊始，就哇里哇啦乱发议论。"

在以后三天的考察中，方毅发现，被称为大西北耀眼明珠和聚宝盆的金川，竟满目疮痍，灰头垢面。稀稀落落的几间砖坯泥屋坐落在土石路两边，放眼望去，没有一棵大树。热风夹杂着沙尘扑面而来，天和地都是灰蒙蒙的，连太阳也蒙着灰尘，昏昏沉沉没有光彩。走进冶炼厂区，只见绿水横流，烟气弥漫。呛人的二氧化硫烟气直钻鼻孔，叫人不停地咳嗽。去矿山的道路，坎坷不平，高高低低，坐在吉普车上就像筛煤球一样，摇摇摆摆，碰碰撞撞，方毅不时提醒陪同的甘肃省委书记宋平："小心脑袋，搞不好就撞你一家伙。"把宋平逗得直乐。方毅说："赞比亚有一座世界上最大的铜矿基地，是白人帮助搞的，年产73万吨电解铜，我去看过。人家的道路修得非常宽，很平，你坐在卡车里没有一点颠簸之感。所以，外国人说，中国人是修车不修路，他们是修路不修车。其实修车的钱远远超过了修路钱。人家几十吨的运输大汽车在矿山道路上飞速奔驰，舒服极了。哪像我们的路，这么颠。上边碰头，下边连屁股都磨坏了。看来管理确实有大大加强的必要。"宋平听了连连点头。

车到矿山戛然停住。方毅站在山头，俯瞰巨大的露天矿山，十几行采矿线盘旋而下，犹如断线的蜘蛛网，悬在半空。汽车如蚁，尘土飞扬，方毅的心也悬起来了。是啊，负重汽车在几百米深的采矿线上盘旋蜗行，一不小心，车毁人亡，就会摔得粉身碎骨！

"走，去矿山井巷下边看看。"陪同人员最担心的事情发生了。他们知道，深达几百米的矿井巷道，灯光昏暗，泥泞不堪，井壁变形，随时都有塌方的危险。尤其是下井的罐笼，停用已久，吊绳锈蚀斑斑，万一有个闪失，伤了副总理或者出现更严重的情况，怎么向中央交代？陪同人员脸上渗出了汗珠：

"方老，您年事已高，身体不太好，就不要下去了吧！"

"矿井年久失修，很长时间没有用了，下次您来金川，我们一定陪您下去。"

方毅把目光投向深不见底的矿井，仿佛压根儿就没有听见公司领导的劝阻。

"哪有抓矿山科技而不下井的道理！"方毅似乎有点生气了。

劝说无效。经过一番周密策划准备，方毅戴上安全帽，穿上胶靴，神态自若地坐进罐笼，徐徐地沉入几百米深的矿井。不看不知道，一看吓一跳。井下巷道已塌成狼牙洞，脚下积水没膝，犹如纵横交错的地下河。许多矿柱断裂得东倒西歪，在巨大的矿压下有的地方随时都会突然塌方。方毅一边走，一边皱起眉头，要公司领导尽快解决安全生产问题。

那天夜里，方毅失眠了。刺鼻的臭鸡蛋味钻入鼻孔。金川的现状，令他寒心忧虑。同时，也掂出了肩上的重量。

8月8日，在金川干部科技人员代表大会上，方毅慷慨激昂地讲了两个多小

于黄山

八〇年六月

时。方毅说："我这次到金川来，是为了了解金川硫化铜镍矿的综合利用问题。我参观了矿山、工厂和研究所，很有收获。金川镍矿资源储量大，品位高，伴生元素丰富，含有镍、铜、钴、铂族元素、金、银、硫等20多种，这在我国目前有色金属矿藏中首屈一指，在世界硫化铜镍矿中也是排在前面的。"在充分肯定了金川公司近20年取得的成绩之后，方毅严肃地指出当前存在的主要问题：一是金属回收率低。镍的选矿冶炼总回收率不到55%，铜为42%，钴为15%，铂、钯只有20%。许多宝贵资源被丢掉了，这实在是很可惜的事情。二是综合利用差。除了上述元素回收率低以外，其他还有10多种伴生元素基本上没有回收利用。三是矿山建设速度缓慢，质量上存在不少问题。四是技术装备落后，劳动生产率低。五是缺乏文明生产，环境污染严重。后来，他又把这些问题概括为三句话，即"矿山建设十分缓慢，金属流失十分严重，企业管理十分落后。"方毅的讲话，可以说是一针见血，一石激起千层浪，在金川人心中掀起层层波澜。看到方毅那坚定的神情，金川人信心倍增，暗暗嘀咕着："看来要动真格的了！"看到台下人头攒动，有人在窃窃私语，方毅提高了嗓门："同志们，我们必须加快建设速度，脑筋要活一点，思想要解放一点，眼界要开阔一点，步子要加快一点，要采用新技术，从最先进的现代技术水平起步。怎么样来加速金川镍矿的开发和综合利用工作呢，我讲几点意见，供同志们参考。"

方毅一共讲了6条意见，就像治病的药方摆在金川人民的面前。他从领导班子的整顿，讲到科学实验，一再强调科学技术是现代化建设的关键，科学技术是生产力，科学技术必须走在生产建设的前头。他还详细地介绍了当时世界上的先进科技成就，指出了我国的差距，明确提出要加强科学技术工作，奋起直追，以只争朝夕的精神赶超世界先进水平。他说："我听了3天汇报，大家畅所欲言，谁也不会被打棍子，不会被戴帽子，谁的方案最经济、最合理、回收率高，我们就采用谁的。"接着又讲到知识分子政策，要培养壮大科技队伍，建立健全的科学管理制度："不论是党内的，还是党外的专家，只要担任了行政职务，党委就要支持他的工作，使他们真正有职有权，充分发挥他们的作用。"方毅说，我们有一个老习惯要改一改，什么局长啊，处长啊，什么总理、副总理啊，总是以"长"为贵。对领导干部，我们是要尊重的，但还要以"家"为贵，要尊重专家。对于科学技术问题，领导干部就是要老老实实地向专家学习。在谈到青年科技人员的培养问题时，他特别强调要学好外文，并嘱咐冶金部副部长张益民，以后汇报工作，技术术语一律不准写中国字。写化学反应，就写方程式，这是世界通用的。会上，他还讲了一个笑话："我们中国怪事多得很，写药名，也非写汉字不可。人家外国人就弄不懂你给的什么药。有一次我闹肚子，医生给我开了一个药名叫'慰欧方'的药方。我说，这是什么药啊？老兄啊，你写上拉丁文字好不好啊？他说，写拉丁文字，药房不发药。真是岂有此理！明明是ViOFON这个拉丁文，结果还是写成了'慰欧方'。这个汉字一个人一个写法，今天你写个'慰'字，明天他又写个'伟'字，后天有人又写成'韦'字，简直是乱七八糟！"方毅的风趣引起会场哄堂大笑。方毅挥了挥手，接着说："所以要提倡学习外文，不然你出去当研究生、留学生、进大学，你没有办法哩！毛主席80多岁还学英文呢！电子计算机你没有英文就不行嘛，汉字没有办法输进去嘛。有个40多岁的老兄说，老了，学不进去了。我说，你才40多就老了，那我60多岁了，该进棺材了？这是一个惰性的表现，不肯努力上进的表现，要批判这种懦夫懒汉思想。"

方毅还讲到金川的环境污染问题，他说，我在包钢就讲了这个问题。我们这里，也绝不能掉以轻心。二氧化硫（臭鸡蛋味），危害工人健康，污染大气，必须下决心回收。群众反映，金川这里黑黑的灰，绿绿的水，很有意见。请同志们动动脑筋，想想办法，如果哪个地方污染严重，领导干部首先要经常去那个地方参加劳动。尝尝这个滋味，你就知道污染的厉害，就会加快环境污染的防治了。方毅的讲话，激起了全场雷鸣般的掌声。

在结束讲话时，方毅向大家讲述了几位科学家的故事。他建议大家看一看著名作家徐迟写的一本书，叫做《哥德巴赫猜想》。那里讲到著名数学家陈景润，他一天只睡4个钟头，20年如一日。你和他握手，他的手都是冰凉的。劝他注意休息，他说不行。3点钟就得起床，不起来不行。开全国五届人大时，他怕吵扰人家，影响同屋的人睡觉，就跑到厕所里开灯在那里运算。靠这种精神他最终摘取了世界数学王冠上的那颗宝石，成为世界级的著名数学大师。

在徐迟的那本书里，还讲到著名画家常书鸿先生。这位老人现在已经70多岁了，就住在敦煌。年轻时在法国留学，回到敦煌一看，发现这里简直是世界上最伟大的艺术宝库，就不愿意走了。他的第一个老婆是法国女郎，跟他一起来到敦煌，住在窑洞里。因为吃不了这个苦，在一个风高月黑的半夜，趁着常书鸿熟睡的时候，驾着一辆汽车偷偷地跑了。常书鸿从梦中惊醒，发现老婆不见了，就骑上一匹快马去追，茫茫戈壁，路在哪里？老婆在哪里？常书鸿呼天天不应，喊地地不灵。只有马蹄声、嘶哑的呼唤声夹杂着风声，划破沉寂的荒原，消失在无边无际的黑夜里。没有水喝，没带干粮，马困人乏，常书鸿还是咬紧牙关，疯了似的策马猛追，最后把那匹骏马活活地累死了。常书鸿也昏倒在荒漠之中。幸亏石油勘探队的孙工程师路过时发现了他，摸了摸他的胸口，还有点热气，把他带回住地，守护了四天四夜。当他从昏迷中醒来，睁开眼睛，仿佛做了一场噩梦，常书鸿的眼泪已经流光了。他豁地从床上坐了起来，对孙工说，老婆没了，算了，我的家在敦煌，我还要回去。就这样，他又回到了莫高窟。在国民党统治时期，生活条件十分艰苦，一口馒头一口沙，直到新中国成立。现在他仍然住在敦煌，他离不开敦煌，敦煌就是他的生命。方毅说，这次来甘肃，我要挤出点时间去敦煌看望看望这位老人家。

接着，方毅又向大家讲述了植物学家蔡希陶的故事。蔡希陶先生是西双版纳植物园的开拓者和奠基人。20世纪30年代他带领几个人来到西双版纳葫芦岛，当时，那里遍布热带雨林，是野兽出没的地方。荆棘丛生，蚊叮虫咬，闷热多雨，瘴疠横行，他们几个人硬是用斧头镰刀，在葫芦岛上劈开一条生路，建立了我国热带植物研究所。国民党不给钱，他在那里奋斗，就靠卖烟草、卖花维持八九个人的生活。后来又养狗卖狗，一直坚持到新中国成立，他们吃了很多很多的苦啊。蔡希陶为新中国引进了许多珍稀植物，曾经受到过周恩来总理的表彰和多次接见。后来，这位老人半身瘫痪了，方毅去云南时，还专门看望了他。当时，他在昆明治病，听说方毅要去版纳，老人的目光突然明亮起来，拉着方毅的手说，我要和你一起回西双版纳，我的家在西双版纳。省委领导怎么也不能同意，他的病很危险，随时会出问题。方毅也一再劝阻，你患的是脑血栓，不能动，你不能去，现在首先要把病治好。说这话时，方毅感到蔡老先生的手紧紧地拉着他，在微微颤抖。后来临终时，老人家嘱咐，要把骨灰安放在葫芦岛上，他离不开葫芦岛。

三位科学家的故事，方毅讲得有声有色，很动感情，台下听的鸦雀无声。方毅说，他讲这些故事，无非是希望同志们要有一种创业精神，有了这种精神，什么事情就都好办了。有了这种精神，不为名，不为利，不会总计较报酬多少。你说，常书鸿为的什么名、什么利呀，要是为名，他为什么跑到大戈壁滩上去吃沙子呢？蔡希陶要是为了利，跑到穷山沟里去干什么呢？什么报酬也没有嘛，连一条命能不能活下去还都是问题呢！所以，在金川要特别强调这种创业精神。

方毅的这次讲话，在金川人心中激起巨大反响，以此为发端，一场轰轰烈烈、规模空前的金川矿山科技联合攻关战打响了！

10个月拿下贵金属车间

打仗需要前线指挥。冶金部决定选派曾经担任过冶金部有色金属司副司长、当时任北京有色金属研究院副院长兼总工程师的王文海，亲自挂帅出征，去担任金川公司经理。

王文海，是一位烈火金刚的汉子。冶金战线上许多人都熟悉他的名字，这位从20多岁就奔赴延安的红小鬼，转战大江南北，新中国成立后，又为新中国冶金工业做出过重要贡献的老战士，受命于危难之间，拿着调令，二话没说，就义无反顾地踏上西去的列车。在龙首山下，他与工人一起，摸爬滚打，一干就是十八个春秋！

在王文海的客厅里，一只展翅欲飞的蜡制雄鹰标本摆放在柜顶之上，鹰眼犀利，羽毛丰满，抖开的双翼仿佛随时都欲劈开狂风雷电，扶摇苍穹。客厅的北墙上，悬挂着他自己手书的诸葛亮《前出师表》，笔法遒劲雄健，洒脱自如："赏罚分明，虚心纳谏"，"鞠躬尽瘁，死而后已"，正是他一生执着追求的真实写照。论年纪，他比方毅小7岁，论个头，他比方毅高出一头。一个文弱瘦小，一个体魄健硕，但是，在金川会战的风风火火的岁月里，与其说他们两个人是统帅和将军，不如说他们更像战友和兄弟。一个老红军，一个老八路，两个人配合默契，亲密无间。只要方毅一声令下，就是刀山火海，这个王文海也会毫不犹豫地冲上去。王文海说，没说的，这就叫"士为知己者死"。难怪，方毅在病中还扶病命笔，铺纸作画，为王文海题赠了一幅超旷洒脱的《翠竹图》。画上，三根翠竹枝干刚劲，细叶清新，即使在瑞雪纷飞的季节，仿佛它也在临风起舞，苍翠欲滴。画的两旁，方毅用力透纸背的笔锋，挥洒着两行隶书：斯人与山水为契，其品在管乐之间。

往事如歌。今天当我们追随着方毅的足迹，走进金川，在隆隆的机器轰鸣声中去细细辨认金川建设者用血泪和汗水浸染的每一片热土，每一块矿石和一草一木的时候，仿佛听到热血在创业者血管里汩汩流淌的声音。千千万万个创业者，用铜，用镍，用金，用银，用含有20多种坚硬有色金属元素的矿石，在亘古荒原上奏出了我们这个时代的最强音！　"王文海，这个贵金属工程就交给你了，这是一场攻坚战啊，从设计到试机，只有10个月时间，行吗？"方毅面对面地注视着王文海，双手用力地按着王经理的双肩。

"……这……行！"看到方毅那双焦急期待的眼睛，王文海想说"难"字也张不开口。

"好！我要的就是你这个干脆的回答！明年7月23日，我来给你们庆功！"方毅回头看了看墙上的时针，指的是1979年9月23日。稍后，方毅还是有点不大放心，又关切地对王文海说："任务经过努力是可以完成的。不过划船和掌舵都靠你们一班人了。你担子最重，要注意身体啊！"握着方毅的双手，摇了又摇，一股暖流涌上心头，这个向来"好汉有泪不轻弹"的硬汉，不禁热泪盈眶，再次表示，一定完成任务。

王文海凝望着龙首山，心里沉甸甸的。10个月拿下贵金属车间，谈何容易啊！君子一言，驷马难追，既然立下了军令状，就没有回旋余地，王文海咬了咬牙，八字眉一竖，拳头一挥，脱口而出："反正是豁出去了！"不是有人说过吗？金川矿山地压太大，没办法干，这个无底洞是"小干小倒霉，大干大倒霉，谁干谁倒霉"，是一个抱不出来的金娃娃。我看，光靠革命加拼命是不行的。靠什么呢，靠科学技术，有方毅的支持，有几百科技人员的联合攻关，有几万名职工，就没有啃不下的硬骨头！

在一次动员会上，王文海要求，3个月拿出设计图纸，7个月拿下5619平方米厂房，安装好4400多台设备仪器，铺完33000米管道，可以说困难堆积如山。王文海双手掐在腰间，扫视了一下鸦雀无声的会场，提高了嗓门："现实就是这样，在世界民族之林中我们的位置并不优越，今天，我们值得夸耀于世界的东西并不多，我们至今还没有走出落后的行列。这不能怨天尤人，只能怨我们自己！"王文海的拳头在桌子上擂得山响，说："贵金属车间不仅仅是金川几万人的事情，也不是我王文海一个人的事情，而是我们这个民族的事业，我们在座的每位同志肩头上担负着一种民族的责任！"接着，他又加重了语气："贵金属车间这项工程，奇迹也罢，空想也罢，反正我们已经没有讨价还价的时间了，我们只能背水一战，置之死地而后生！"

掌声盖过了窗外的雷声，一道闪电划破黑暗，将偌大的会场照得满堂生辉。几百人齐刷刷地站在王文海面前，就像几百尊神情凝重的雕塑。有的人憋不住了，对王文海大喊一声：王经理，您放心，就是龙首山塌下来，我们也扛了！

365天，多少人吃在工地，睡在工地。血水、汗水与泥沙俱下，灯光、星光与日月同辉。看着一双双布满血丝的眼睛，一张张日渐消瘦的面孔，王文海的眼眶里又一次盈满了泪水。资金短缺，方毅责令国家科委立即贷款；缺少设备，采购员跋山涉水，跑遍了全国20个省市100多个厂家……

多少个生动感人的故事随着流逝的岁月，一页一页地翻过去了。

1980年7月23日上午9点，方毅第二次来到金川，一下火车就直奔贵金属车间。看着崭新的厂房，听到机器的轰鸣，方毅露出了满意的笑容，他拉着工人的手说："辛苦了，我谢谢你们，人民感谢你们！"

贵金属车间的投产，使金川资源综合利用迈出了一大步：铂、钯的回收率由20%提高到68%，锇、铱、钌、铑的回收率由1%～3%提高到44%。看到这些变化，方毅高兴地说："这次来，心情舒畅多了。路修

好了，绿水横流的局面也改变了，最重要的是人们的精神面貌发生了变化。"

王文海说："确实，这一仗打出了信心，打出了士气，虽然这只是历史决战中的一个小战役，却充分显示了方老高超的领导艺术和叱咤风云的气魄。"

但是王文海深知，更艰苦的"上甘岭战役"还在后面。

矿山建设的主攻方向

方毅说，金川镍产量上不去的关键是矿山，最大的难题也是矿山。金川资源的优势主要在二矿区。它的储量占金川矿总储量的75%，富矿又占76%。金川公司的命运，在很大程度上取决于二矿区的开发。因此，要把加快矿山建设作为金川会战的主攻方向。

攻下二矿区，犹如徒步攀登喜马拉雅山，重重技术难关挡道。从1996年建矿，已经十几个年头了，始终步履艰难。许多人说，二矿区就是个"无底洞"，谁干谁倒霉。十几年来，塌、挤、淹、陷，将矿井巷道折腾得惨不忍睹。明知这是座宝库，却拿不到金钥匙，打不开大门。方毅听到这种情况，不但没有望而却步，偏偏就下了决心，非要摸一摸这个会吃人的"老虎"的屁股。他说，矿山搞不上去，生产就成为"无米之炊"。于是，每年到金川，他都要下井考察。有一次，他的眼睛动了手术，还在化脓，就不顾医生劝阻，离开医院来到金川，坚持下井查看。还有一次，他的膝盖在出差江西时粉碎性骨折，没有痊愈，仍然坚持下井。他患有糖尿病，心脏供血不足，长期患失眠症，身体虚弱，走路气喘，每次下井，弯腰弓背，一看就是一个小时，问这问那，遇到危险地段，偏要钻进去看看。谁要是劝他，他就会发脾气："工人能进去，我就不能进去？我是人，难道在危险地段干活的工人不是人？！我就是要去看看他们。"

二矿也不是纸老虎！它张开血盆大口似乎要把两千多名矿工一口吞下去。1982年春节刚刚过去，二矿区传出令人毛骨悚然的坏消息：深达600米的通风竖井铁皮壁坍塌，将井筒封死。井筒连着地下储水库，水库漫溢将淹没所有矿井，连带所有矿井巷道、机器设备，顷刻之间就会毁于一旦，数亿投资即将泡汤，情况十万火急！人们抓耳挠腮，如同热锅上的蚂蚁。二矿矿长宋国仁急得发疯了，热血一下涌上头顶，指着公司的头头们破口大骂："你们混蛋，你们懦夫，胆小鬼，败家子！"他又哭又笑，发疯似的摊开双手，"完了，完了，二矿区毁了，完了！"两千名矿工站在龙首山头，任凭矿长发疯臭骂，却仍泥塑木雕一样不敢挪动一步。龙首山，真的要塌了！

王文海闻讯赶来，他已经三天三夜没有合眼，箭步流星般冲到宋国仁面前，声如闷雷："宋国仁，你大混蛋，眼看全军覆没了，你还在骂别人，难道你就没有责任？你滚！给我马上滚！"

他命令工人把宋国仁"拉下去"，宋国仁说什么也不肯离开，挣扎着说："二矿区是我的命根子，我要和矿区共存亡，死也要埋到矿坑里，王经理，你没有权力……"

"你给我滚得远远的，别叫我瞅见你！"王文海跺着双脚，眼睛里喷射着火光。

宋国仁硬是被拖下了战场。

年过花甲的王文海硬是一口气跑上山顶："同志们，万一这二矿区报废了，撤职、坐牢、杀头，我王文海一个人顶着，与公司的书记、副经理们无关，更与日夜奋战的矿工们无关。"王文海嘶哑的声音随着呼啸的风沙卷过山头："但是，现在还有一丝的希望。希望在哪里？在于大伙的智慧和力量。"两千多双眼睛一下子聚焦在他们的经理身上："同志们，我信任你们。我们金川的几万职工不是草包软蛋，而是铮铮铁汉。"这位冶金战线赫赫有名的有色金属专家，曾经在多次抢险中死里逃生的硬骨头，又一次被推到关系到矿山生死存亡的风口浪尖！

在他果断的指挥下，几千名职工各就各位，群策群力，或冲锋陷阵，或挖沟排水，八仙过海，各显神通。许多人三天三夜没有合眼，终于把竖井塌陷物全部排除，井筒彻底打通，使二矿这个金娃娃免遭灭顶之灾。

王文海是硬骨头，两千多名金川人没有一个是孬种！这话不假。在这次抢险中他们所表现出来的大无畏英雄气概，足以惊天地，泣鬼神……

还是那个宋国仁，不知什么时候又溜到了泵房，为了防止水漫金山，他在合闸时，被强大的电流击昏；突击队的小伙子们背着200斤的装土麻袋去堵防水墙，浑身冻得发紫，光喝酒、用酒擦身子消耗的空酒瓶就堆成了一座小山！从井下钻出来的小伙子冻得嘴唇发紫，说不出话来。王老头含着眼泪将他们一个个抱在怀里，像父亲一样给他们喂酒，给他们按摩，给他们擦身子。一边擦，一边大声呼叫着："快去，快去，用卡车把金川库存的酒给我统统拉来！"一些职工的家属也放下孩子跑到井口，给小伙子们按摩、送酒。有位老电工听说王老头已经六天五夜没有合眼了，虽然年过半百，几乎就要跪在王文海的面前，请求批准他下井抢险……一件件，一桩桩，王文海看在眼里，疼在心里。那一夜，王文海脸上的泪就没有干过。

"多好的领导，多好的工人啊！"金川人都这么说。

抢险成功了！两千多名硬汉把王文海围在中央，欢呼雀跃，击掌狂欢，热泪从他们的面颊上断线珠似的滚落下来。这时候，只有一个人站得远远的，不敢走近王文海，他就是二矿矿长宋国仁。望着王老头的背影，他自惭形秽地说："我真浑，矿井出了事，作为矿长我不负责任，还要骂下级，骂工人，害得老头子跑到前线指挥……"其实，王文海和工人们都知道，在抢险的日日夜夜，这个宋国仁，一步都没有离开现场，被人拖下去，刚一醒来就扑上了矿山。他心里想的是，为了国家，为了金川，就是累死在王老头身边，值得！

矿工下山了，王文海站在山头，又把目光投向了远方。

"三年三大步，提前十年翻两番"

1982年8月，方毅第四次来到金川。金川会战，已经冲破黎明前的黑暗，看到了希望的曙光。没有想到方毅又要加码，他给金川提出："三年三大步，提前十年翻两番"的奋斗目标。王文海一听，急了，脱口说道："方毅同志，这太难了。"不容分说，方毅拍了拍王文海的肩膀："老王呀，我知道你们很难，但全国的困难更大。现在各方面都急需镍，很难平衡，只好实行限量配额，我们国家只有一个金川，不指望你们，再指望谁？要把金川摆在全国的棋盘上考虑问题，你们的进退，决定了这盘棋的存活。如果你们畏难不进，我们对全国人民无法交代。"方毅的目光凝重而又严肃。

王文海瞻前顾后，已无退路可走。

"老王，这几年你工作很有成绩，现在你应该大踏步前进了。我要你1983年1万吨，1984年1.5万吨，1985年2万吨，给你点时间，好好核实核实，拿出一个比较靠得住的答复来。要不然，我就把火车票退了吧。"

是命令，还是商量？

王文海诚惶诚恐，肩头有一种从未有过的压力。

又是一个不眠之夜。王文海与几位矿长、厂长头顶头地凑在一张桌子周围，分析形势，计算数字，可以说绞尽了脑汁。八月酷暑，室内空气干燥炎热，仿佛一根火柴就可以点着，额头的汗珠砸落下来，几乎就要碎成八瓣。桌上的西瓜散发着清凉香甜，竟也食之无味。天快亮了，也没有算出个所以然来。矿长们都说，到1985年也只能生产1.8万吨镍。王文海心中却另有一本账：在冶炼系统加几套收尘装置，再采取一些其他措施，缺口就可堵住。于是，他拍着胸脯："好，你们就给我1.8万吨，其余2000吨，包在我身上了。"

这一夜，方毅也没有合眼。早晨5点，他就坐在房间的沙发上等着王文海。当王文海郑重其事地将"军令状"递到他的手上时，方毅也郑重其事地把写满数据的纸片折叠好，小心翼翼地放进上衣口袋里，神情严肃地说："老王，我可放在这里了，回去存档备查，过几年，我就来验收，"王文海毫不含糊，干脆地回答："我不怕，方毅同志，你可以大量复印，广为散发，反正我们已经豁出去了。1985年一定拿下2万吨，信不信由你。"

生产2万吨镍，产量翻两番，就必须扩建一期工程，国家资金紧张，几亿元的资金投入到哪里去找？王文海灵机一动，去找方毅、唐克，提出了向国家借镍，把镍变成钱，扩大生产规模，"以镍还镍"，既能满足资金不足，又能满足国内对镍的急需，岂不两全其美？方毅一听，当即表示愿做"说客"，说服国务院领导同意并批准了这个方案，一下子解决了3.3亿元，推动了工程上马。

一波未平，一波又起。对于如何建设冶炼系统上，金川公司发生了激烈争论。不少人主张另起炉灶，新建电解车间，可以保证按期完成任务。方毅知道后提醒他们："发展生产不能一味地铺摊子，要讲求效益，要充分利用已取得的科研成果，要立足于改造挖潜。"按照方毅的指示，金川没有新建厂房，而是对电解车间进行技术改造，增加了16个电解槽，不仅节约了投资，生产能力也大大提高。1985年，提前21天完成了产镍2万吨，胜利地实现了"三年三大步"的奋斗目标，上缴利税突破2亿元。王文海后来在回顾这段往事时，感慨地说："我折服方老对事物观察之敏锐，对时机把握之准确，对决策处置之果断。这简直就是方老一幅构思严谨、挥毫刚劲、气势磅礴的书法杰作。"方毅在对"金川经验"进行概括时说，金川的基本经验就是依靠科技进步提高经济效益，发展生产。话虽不多，却切中要害。但是，金川人都异口同声地说：没有方老锲而不舍地抓金川，就不会有腾飞的镍都，就不会有我国镍工业的今天。甘肃省省长贾志杰说："方老高瞻远瞩的韬略，科学求实的态度，雷厉风行的风采和八下金川的壮举，深深地感染着我，激励着我。和甘肃的同志一样，在我心目中，方老与镍都金川是紧密地联系在一起的，金川是方老晚年一个简白的留影与写照，是一座直立大漠的丰碑。"

给王文海找老伴

年近八十岁的王文海，一提到方毅的名字更是有说不完的话，讲不完的事。尤其使他难以忘怀的是，方毅待人诚恳谦和，关心他人甚于关心自己。方毅经常叮嘱金川领导，我们各级领导一定要关心职工生活。初来金川时，告状的人很多。有一次来了一个妇女，又哭又闹，非要见方毅。后来了解到，她丈夫在矿井里死了。方毅指示公司领导，对这些人应该想办法照顾他们。她孩子上不了小学，为什么不可以自己办学，让孩子们入学呢？

家属户口不能解决吗？方毅表示要向上级反映，解决他们的困难。为解决那个来告状的妇女的户口问题，方毅还专门找到金昌地区专员，对他说，她21岁丈夫就死了，在矿井里死的，她应该再找个对象，但又没有户口，现在26岁了，有了户口，她这一辈子就有依靠了。我们关心死者，也就是照顾生者，各级领导务必牢牢记住。

更使王文海没齿难忘的是，1987年7月王文海相濡以沫的妻子苏申，因患白血病溘然长逝，王文海陷入巨大的悲痛之中。

方毅的心也非常沉重。王文海和苏申的身影总在他眼前摇晃，十几年来，他不仅和王文海成了至交好友，和苏申也很熟悉。前些日子，她在307医院住院，方毅还去看过她。医生说，苏申连续高烧40℃，五脏六腑都烧坏了，昏迷中还喃嚅着老王的名字，孩子心如刀绞，等她清醒过来时，想打电报把父亲从金川叫回来，苏申一个劲儿地摇头："金川离不开他。"没有同意，医生和护士都骂这个丈夫是铁石心肠，一个木头人。只有苏申心里最明白，她的丈夫心里装着金川，装着国家，装着事业。后来她身体稍微好了一些，便拖着虚弱的身子来到金川，医生说，她的病是不能去高原的，但是，为了让老王把心思全扑在工作上，她不顾医生劝阻，还是去了。这一去，就再也没有回来……

方毅越想，心里越疼。有话想说给知己听。他让秘书把王文海叫来，想和他说说心里话。王文海知道方毅找他要谈什么，下了汽车，站在方毅的家门口，却迈不动脚步，他踌躇起来了。什刹海岸边的柳丝在风中飘荡，水面上一层层波纹扩散开来，王文海的心无法平静。

方毅迎出门口，欲语无声，眼里噙满了泪水。王文海一大步抢上前去，紧紧握住方毅的双手，强装笑颜，竟喊出了十几年从来没有叫过的一个称谓："方老"。

"啊方老，方老，方毅我真的老了"，他又抬头望了望王文海，"文海啊，你也老了，老了，咱们都老了。"两位老人的白发在风中飘动。

"在金川，人家也叫我王老了。"他拉着方毅的手穿过庭院，青翠的松树在风中摇曳。

"自然规律，谁也无法抗拒，岁月不饶人啊！"方毅又重重地摇了摇王文海的手。

在客厅的沙发上刚刚坐定，方毅亲自给王文海沏上一杯热茶："文海，喝茶，这是福建的上等乌龙，我的家乡茶。"

王文海双手接过热气腾腾的茶杯，瞅了一眼方毅："方老，我汇报一下金川的情况？自从您上次到金川……"

"金川，金川，金川！你就知道金川！"方毅把手一挥，打断了王文海的话："文海，别打岔了，你怕我伤心是不是？我今天找你来，不谈工作，不谈金川，只谈谈你，谈谈她。"

王文海低下了头。温暖的阳光洒满地毯。

"文海呀，这些年，为了金川，你吃了不少苦头，顾国家，忘小家，有目共睹。你90岁的老母亲成了植物人，你都没有时间守护她。老苏是一个多好的同志啊，你埋头工作，她没有一句怨言，最终，连命也搭给了金川。我们俩欠她的债啊！她的死，我很难受，很难受啊！"

方毅哽咽着，用手捶着胸口，泣不成声。

王文海泪眼模糊中望见方毅突然显得那样苍老，面颊瘦削了许多："方老，您别难过，别流泪，她走得很平静，很安详，她知道您了解她，她很感激您……"

"我对不起她，也对不起你。我明明知道她病成那个样子，还没有调你回北京。搞完了一期工程，还叫你抓二期工程，我太不应该，太不应该了！"

"为了国家，为了几代金川人的梦想，咱们值得。"

"你又在给我宽心。我说文海，人死不能复生，活着的还要活下去。你岁数大了，不能没有个老伴。"

"再找一个吧！"方毅的目光停留在王文海的脸上。

"这事……缓一缓再说吧。"王文海没有思想准备。

"缓什么！你怕老苏骂你？不会的，只要为了你好，老苏一定会同意的。一个人太孤独了，你一定得找个老伴，马上找，这事我做主了！"

王文海还想争辩，一看方毅那坚定逼人的目光，就不敢再说什么了。

当天，方毅亲自给金川领导打电话，说他有一件放不下的心事，托他们帮助办好。希望他发动金川四万多职工，给王文海找一个老伴：

"找个品质好、贤惠的，五十岁左右的。我方毅拜托了，拜托金川四万职工了！"

"方老，这事您放心，我们一定办好。"金川领导下了保证。

功夫不负有心人。经过数月寻觅，终于从武威文工团找到了一位淑女韩国梅，46岁，品貌兼优，温柔贤惠，经金昌市委秘书长一手疏通，一拍即合。在一个明月当空的夜晚，由公司党委书记杨学思主婚，将两位好人拉到一起，喜结连理。

河西走廊里的这一段佳话，流传至今。

方毅关心的又岂止是王文海一人！

在方毅的关心下，经省里批准，解决了一批因公牺牲的家属落户问题，有数千户老工人的妻子、儿女成了名副其实的金川人，有数百名工程技术人员结束了牛郎织女隔河相望的日子，走下鹊桥，过上了甜美幸福的生活。昔日的荒滩下，建起了儿童乐园、青少年活动中心、职工活动中心、文化宫、康乐宫、图书馆、阅览室、文艺馆、体育馆、游泳馆、羽毛球馆，还办起了有线广播、电视台，有了自己的报纸、杂志，成立了十多个文艺、体育社团和老年大学，办起了各类大、中、小学校、培训班，形成了具有金川特色的科学文化艺术氛围。

方毅酷爱书法绘画。他八下金川，给甘肃、金昌和金川留下不少墨宝，甚至许多普通的工人家里都挂着他题赠的条幅。在他的引导下，金川书画活动十分活跃，涌现出一批书画人才。方毅与当地的书画家经常在一起相互酬笔，切磋技艺。他还亲自推荐武威艺术馆馆长王维德加入中国书法家协会，与他成了书道之交。在方毅的倡导下，1996年4月，"腾飞的镍都职工摄影艺术作品展"在中国美术馆举行。方毅拖着病体为开幕式剪彩，他说："你们要在中国美术馆举办书法绘画作品展，到时候我一定进一幅作品。"没有想到，这竟成了他的遗愿，一年后他就去世了。

22年过去，弹指一挥间，从1978年方毅第一次来金川，到2001年，金川发生了天翻地覆的变化。22年后，笔者重返金川，我们简直无法相信，这座崛起的戈壁新城就是当年我们曾经到过的穷乡僻壤。颇具现代化气息的金昌市，一座座高楼鳞次栉比，宽阔的大街绿树成荫，十几万金川儿女正在用他们的双手描绘新世纪的蓝图。新任公司总经理李永军告诉我们，2000年，金川公司经济总量和主要经济技术指标创历史最高水平。全年产镍4.6万吨，产铜2.57万吨，钴等贵金属和化工产品均大幅度增产，完成工业总产值25.42亿元，实现不含税销售收入34.45亿元，利税8.45亿元，实现利润2.8亿元。目前，公司主体拥有资产62.5亿元。

从这些数字中，我们仿佛听到金川前进的脚步声。